新潮文庫

太ったんでないのッ!?

檀　ふみ
阿川佐和子　著

新潮社版

8181

はじめに

痩《や》せたい人は食べな（さ）い

檀　ふみ

アガワサワコは、この頃太っている。

イエイエ、私は、こういうパブリックな場で、大切なお友達の「玉ノ瑕《きず》」を暴露するような、そんな心ないオンナではありません。くれぐれも誤解なさいませぬよう（とくにアガワさんね）。

「この頃、太っちゃって……」

と、口癖のように言っておられるのは、アガワさんご自身なのである。

「そうぉ？」と、あらためてアガワさんの顔を見る。相変わらずの小顔である。

「そうかなぁ」。小顔の下は、なるべく見ないようにする。せめてもの心やりである。ご本人が「太っている」と言うのだもの、必ずや「太っている」のだろう。

いけないとしたら、あの食生活に違いないと、私は思っている。

「朝からなーんも食べてないの」

「お腹《なか》、ペコペコ」

と、顔を合わせるたびに彼女は言う。

で、本日一食目という昼食、または夕食をご一緒する。飢えた子豚のごとくガツガツと彼女は召し上がる。そんな彼女の前では、私など小鳥も同然である。

そして満腹になると、子豚はにわかにカメとなる。今にも落ちそうな、トロンとした、眠たそうな目。家に帰れば、そのままグタリと寝てしまうのだろう。起きてしばらくは食べない。極度の空腹を待って、大食する。それから、寝る。待てよ、こういうダイエットがなかったか……。

そうだアレだと、ハッと思い出した。

お相撲さんの太らせかただ！

お相撲さんは、早起きである。しかし、朝の稽古《けいこ》の前は何も食べない。厳しい稽古を終えてから、朝昼兼用のちゃんこを食べる。それから、長ーい昼寝。ケイコをゲンコーと置き換えれば、そのままアガワの生活といってもいい。

そりゃあ、太るわ。痩せるわけないわ。

そう思っていたところ、賢いアガワさんのこと、自ら気がついて、昨年の暮れ、方針をガラリと変更されたようだった。

あれは忘年会の帰りだった。大飲大食の後、アメかガムはないものかと、私がバッグの中をごそごそ探っていたら、「はいッ」と、アガワがその両方を差し出してきた。いつもは、私が差し出して、「まだ食べるの？　信じられない！」と、眉《まゆ》をひそめられるのがお定《き》まりのパターンなのに……。珍事の発生に私が目を丸くしていると、「アタシ、考えたの」と、アガワは言った。

「ダンフミみたいに、のべつまくなし食べてたほうが、太らないんじゃないかって」

さて、そのニュー・ダイエットの成果であるが、お正月が明けて、アガワが無念のため息とともに報告してくれた。

「どうしてくれるのよぉ。二キロも太っちゃったじゃないの！」

「そうぉ?」と、アガワの顔をマジマジと見る。いつもと変わらぬ、羨《うらや》ましいくらいの小顔である。

小顔の下は見て見ぬフリをした。

友情とは、そういうものなのである。

食べたい人はお読みなさい

阿川佐和子

　この頃、あちこちからお声がかかる。「アガワさんと一度、ゆっくり話がしたい」にわかに人気が高まったかと思いきや、そういうわけではなさそうだ。原因はダンフミにある。かつて私が彼女のことを、「四六時中食べるオンナ」と評したことについて、「私も見ました」「僕も見ました」と、目撃証言の詳細を報告したくてうずうずしているらしい。

　今日も親しい編集者氏から電話があり、いわく、「昨日、ダンフミさんと会って、帰りに車で送ってあげたんだ。そしたら、アンタが書いてた通りだったよ。座席につくなりアメ出して、『あなたも召し上がらない？』って。ほんとにあの人、ずうっと食べてるねぇ」。

私にとって今さら驚くほどの情報ではないけれど、ダンフミの真実がいよいよ世間に暴《あば》かれつつあると思うと、友人として不安を抱かずにはおられない（暴いたのは私だが）。そしてこの真実が白日のもとにさらされるにつれ、ダンフミの食欲は以前にまして、激増しているようなのだ。

先日彼女に会ったときも、私が「お腹《なか》すいてる？」と尋ねると、「すいてるほどではないの。さっき家を出る前に、お餅《もち》二枚と今川焼きを一つ、食べてきたから」と言いながら、店のメニューに目をやって、シャーベット付きクレームブリュレとコーヒーを注文し、さらに目の前のロールケーキもペロリとたいらげた。

ダンフミのお腹は常に「すいてるほどじゃないの」だが、「まだいくらでも入るの」状態なのである。しかも、これだけ食べ続けてこの女優、いっこうに太らないから自覚が湧《わ》かない。欲望を制御する気はさらさらないらしい。

噂《うわさ》は雑誌『デリシャス』にも届いていた。編集部はダンフミの弱点にみごとな狙《ねら》いをつけてきた。目の前においしい餌《えさ》をぶら下げれば、彼女はいくらでも働くのだ。

「もうコンビで仕事するのはやめましょう」

ダンフミに宣告されたのは、雑誌の連載を引き受けるほんの数日前のこと。着物を着れば「美しい……」とため息をつかれることばかりの清純派女優が、私の着物姿と並ぶや観客の失笑を買う。オンナ漫才師のようだと形容されてひどく傷ついていた。二人でいると、デカはデカ、チビはチビ、欠点ばかりが際《きわ》立《だ》つ。

「お互いのために、よくないと思うのよ」

あの真剣なまなざしはなんだったんだ。話が違うだろうが。そう叫ぼうと思ったとき、ダンフミはすでにこのページに自らの口と胃袋を売った後だった。こんな連載始めたら、私はまた太ってしまうよ。わかっていても、書き始めるしかないであろう。

友情とは、そういうものなのかもしれない。

太ったんでないのッ!? 目次

挿画　進藤恵子

太ったんでないのッ!?

未練なリゾット

檀　ふみ

ハイ、この本のために「口と胃袋を売った」女、ダンフミでございます。アガワさんは存じませんが、アタクシ、もういいんですの。この際、売れるものならなんでも売ってやろうと思っているんです。どうせもう、「売れ残り」にも薹《とう》が立っちゃって、煮ても焼いても炒《いた》めても食えない存在になってるらしいし（煎《せん》じれば、まだダシぐらいは出るかもしれないけど）。

だがしかし、「シャーベット付きクレームブリュレ」と「ロールケーキ」のために胃袋を売るほど、私は落ちぶれていない。

目の前にぶら下げられたニンジンには、「神戸にて魅惑の一夜を！　なんとあの、伝説の『ジャン・ムーラン』へご招待。悩殺料理『フグの白子のリゾット』であなたにもシアワセが……!!」と書いてあったのである。こりゃ、走ってみるっきゃないではないか。

神戸の名レストラン「ジャン・ムーラン」。レジスタンスの闘士の名をいただいたその店に、私は、たったの一回しか行ったことがなかった。

なんという、不覚であったことか。

前菜の、「カッペリーニ、伊勢エビのタルタルとキャビア添え」をひとくち食べたとたんに、私は悔し涙を流していた。

ずるい、ずるいよーッ。なんでもっと早くに、こんなにおいしい店があるってことを、誰も教えてくれなかったのッ!

「誰も」というのは、実はアガワサワコただ一人を指す。「ジャン・ムーラン」に初めて私を連れて行ってくれたのはアガワ、その夜、私と一緒に舌鼓《したつづみ》を打っていたのもアガワだったのだ。

泣いてもわめいても、もう遅かった。

時は晩秋。オーナー・シェフの美木剛氏は、翌年(二〇〇一年)の二月をもって店を閉め、引退することをすでに宣言していた。まだ五十そこそこ、シェフとして、脂《あぶら》の乗りきった年頃であるのに。

カッペリーニの次に出てきた、「タラの白子のリゾット、トリュフかけ」にも涙した。

そのときの、二人の会話をここに再現してみる。

ダン　まあまあ、こんなに贅沢《ぜいたく》にトリュフを切っていただいて。ロッシーニいわく、「トリュフはキノコのモーツァルト」なんですって。でもインビよね、この味。

アガワ　うん。匂《にお》いもいやらしい。

ダン　なんで？　いやらしいってどういうこと？

アガワ　だって、なんていうの、ほら、インビ、インビ、ほほほほほ。だいたいあなたがインビって言ったんだよ。

私は、「隠微」と言ったつもりであった。愛欲方向にバイアスがかかりがちなアガワさんの耳には、「隠微」も「淫靡《いんび》」と聞こえるらしい。

だが、しかし、「ジャン・ムーラン」の料理に関しては、「淫靡」でよかったのである。「料理はいやらしくなきゃ、ダメ」「『ジャン・ムーラン』には、あやしげなカップルに来てほしい」と、美木シェフも名言を残していることだし。

「僕の料理を食べて、二人の関係がより親密になり、ねんごろになれば、僕の勝利です」

「僕は数限りないキューピッドをやったと自負しています。世のため、男のため、女のため」

シェフは公言してはばからない。

そして、その言葉をそのまま体現している料理が、「フグの白子のリゾット」であるという。

「あれは魔味です、魔味。きわめて淫靡」

口にするたびに二人の「インビ光線」はからみ合い、ハッと気がついたときはもう遅い。「どうなってもいいわ」ってな気持ちになっちゃっているのだそうである。

私が食したのはフグではない。タラの白子である。まだ、いいフグが手に入りにくい時期だったのだ。タラでも涙した私なのである。これが、シェフ自ら「魔味」とおっしゃるフグだったら、いったいどうなっちゃうのだろう。

以来、「フグの白子のリゾット、トリュフかけ」のイメージが、どんどこずんずん

頭の中でふくらんでいった。

ああ、もう一度行きたい、「ジャン・ムーラン」。ああ、食べたい、「フグの白子のリゾット」。その欲望は、私にとって「飢え」とか「渇き」といってもいいくらい、切実なものになっていた。

で、口も胃袋も売ってしまって、再び行ってまいりました、「ジャン・ムーラン」。食べてまいりました、魔味。

「いやー、フグの白子とタラの白子じゃ、格がぜーんぜん違うんだねぇ!」

と、これはアガワサワコの感想。

そう、なぜかアガワもついて来たのである。まあ、しょうがない。最初に誘ってくれたのは彼女なのだ。彼女なくして、この幸せはありえなかったわけだ。

だが、なぜこの希少な、絶好の、それも最後の機会を、アガワと二人で空《むな》しく費やさなければならないのだろうという恨みは当然ある。「ジャン・ムーラン」をもう少し早く知っていれば、私の人生も変わっていたかもしれないのに。

「せめて一度だけフグのリゾットを」と思って、再びやってきた神戸だったが、その「魔味」を知ってしまったことで、さらに未練はつのる。名残も尽きない。

作るほうにだって、多少の未練があるのではないだろうか。

「いや、ないですね。二十四年間、やるべきことはやりました。人の三倍は働いてましたから。やめたあと、やりたいことが百ぐらいありますしね」

百のうち最初にくるのが、世界放浪。ご自分の最大の才能は、旅行にあるとおっしゃる。

「旅行に比べたら、料理の才能なんて『屁《へ》ェ』みたいなもんですわ」

誰もが名残を惜しむ「フグの白子のリゾット」は、もう「うちの奥さんのためだけの料理」なのだそうだ。

二〇〇一年二月二十八日、最後の晩餐《ばんさん》にて、ちょっと年輩の品のいい女性客が美木シェフに贈った言葉が印象的だった。

「私は、『ジャン・ムーラン』に女同士で来たことは、一度もありませんでした」

ああ、やっぱりアガワなどと行っている場合ではなかったのである。

カンタンの極み

阿川佐和子

神戸から「ジャン・ムーラン」の灯が消えたといって、嘆くことはない。確かにあの淫靡なる「フグの白子のリゾット」には二度とお目にかかれないかもしれないが、それにかわるシアワセは、まだ神戸の町にたくさん残っている。

シアワセが、高みにあると思うのがそもそも間違いなのだ。チルチルとミチルが教えてくれたではないか。ほんの手近な、見慣れた材料や素朴な作り方からだって、天にも昇る喜びを見出《みいだ》すことはできる。ダンフミが「ジャン・ムーラン」を惜しんでオンオン泣いている隙《すき》に、私は神戸トアロードの路地裏にある小さな鉄板お好み焼き屋さん「千代」に赴いた。

店の女主人、千代さんが、ご主人の趙耀光さんの薫陶《くんとう》よろしく腕を磨いて厨房《ちゅうぼう》を取り仕切り、お好み焼きと広東《カントン》料理の店（初期はお好み焼き専門店。本格広東料理がおいしいとの評判が口コミで広がり、しだいに広東料理も出すようになる）を開いたのは一九七八年。以来、阪神大震災で店が全壊するという苦境をもみごとに乗り越えて、依然変わらぬ人気を博していることを地元神戸で知らない人は少ない。

そもそも「千代」を教えてくださったのは、舞台美術家の妹尾《せのお》河童《かっぱ》さんである。河童さんに連れられて数年前、最初に訪れたときは驚いた。まるで知人のお宅の応接間に上がり込んだような親しみやすい店内の雰囲気。そして出てきた料理の数々といえば、まさに本場中国の家庭の匂《にお》いが満載である。オオッと驚愕《きょうがく》し、いっぺんに虜《とりこ》になった。以来、ご夫妻とは親しくさせていただいているが、なかなかお店に伺えない私のために心優しい千代さんが、香港《ホンコン》から届く新鮮中国野菜をときどき宅配便で送ってくださる。

二〇〇一年の春先にも、神戸から段ボール箱いっぱいの生き生きとした豆苗《とうみょう》や芥藍《かいらん》（中国ブロッコリー）が届いた。野菜の間に千代さんの手紙が挟まれている。

「芥藍は、沸騰《ふっとう》したお湯の中へ、塩ひとつまみ、ショウガのヘタ、サラダ油大さじ二、三杯を落とし、そこへ菜っぱを入れて硬めに（五分くらい）茹《ゆ》で、お皿にのせてカキ油をタラタラッとかけて食べるとおいしいですよ」

なるほど作ってみると、なんと簡単で美味なこと。キラキラ油でお化粧したピカピカ青々野菜が切りなく食べられる。さっぱり味なので、いくらでもお腹《なか》に入る感じだ。

おかげで長年の謎《なぞ》が解けた。よく香港や台湾で「野菜料理」を注文した際、出てきた青菜がいつも、油で揚げたにしては脂《あぶら》っこくなく、茹でたにしてはオイリーで、「いったいどうやって作るんだろう」とかねがね疑問に思っていた。そうか、油を入れてボイルするのか。こりゃ、いいことを教わった。

千代さん野菜をたいらげたあとも、この油ボイル方式に取り憑《つ》かれ、西洋ブロッコリー、アスパラ、レタス、ほうれん草、チンゲン菜、小松菜など、いろいろな野菜で試してみた。結果、まあ、どちらかといえば、柔らかい菜っぱ類よりブロッコリーやアスパラのような芯《しん》のある野菜が、この調理法と合うような気がする。でも、どれもおいしいかな。

もう一つ、千代さんの手紙に、「豆苗のちょっと変わった食べ方」も記されていた。作り方は以下の通り。

まず、腐乳《フールー》(発酵豆腐)、砂糖小さじ一杯、お酒ちょっと、片栗粉《かたくりこ》少々を小さなボ

鍋《なべ》に油を引き、強火で豆苗をほどよく炒《いた》めたら、お玉でちょっと端に寄せ、ニンニクみじん切りをたっぷりと豆板醤《とうばんじゃん》(とんがらし味噌《みそ》)を加え、続いて、用意しておいた腐乳ペーストを豆苗にからめ、上から鶏《とり》のスープをジュワッとお玉一杯流し込む。ジャアー、ジャッ、ジャジャーッ、ジュワッと、鍋と一緒に叫んでいるうち、アッという間に出来上がる。これまた簡単で、こよなくおいしく、しかも奥深き味わい。この一品を覚えておけば、他の料理が何一つできなくとも、「あーら、アンタって、なかなか料理上手ね」と感心されること請け合いだ。ムホホと感激した直後、無精な私はさらに簡単手抜きを追求したくなる。もしかして腐乳ペーストを前もって作らず、豆苗を炒めている最中に、腐乳、砂糖、酒を順次に加えていってもいいんじゃないかしらん?

「でも結局、鍋の中で腐乳の固まりを焦《あせ》って潰《つぶ》す手間を考えたら、先にペーストを作っておいたほうが簡単ですよ」

神戸にて、師匠千代さん直々に指導を受けながら、手抜き提案をしたところ、ケラケラ笑って却下された。なるほど。

ちなみにこの料理で最後に使う鶏スープには、しっかり塩味がついている。

「鶏のスープは何にでも応用できるから、作っておくと便利。塩で味付けしておけば、持ちもいいからね」と千代さん、使い終わった鍋をササッと水洗いし、素早く次の支度に取りかかる。料理名人は、あと片づけの手際《てぎわ》もみごとである。

「せっかくいらしたから、他にも簡単な野菜料理の作り方、教えてあげましょう」

三番目に伝授していただいたのは、レタスのXO醬《じゃん》炒め。調味料は、XO醬、エビ味噌、醬油《しょうゆ》、サラダ油、片栗粉、砂糖。この場合も調味料はボウルで合わせておいたほうがよい。レタスを炒めすぎてしまう心配がないそうだ。鍋に油、ショウガのヘタ、ニンニクみじん切り、レタスの順に入れ、チャッと炒めたら、合わせておいた調味料をからめ、最後にお酒を回しかけて、出来上がり。

あんまり簡単すぎて、行数が余ってしまったよ。困ったね。

ではここで、中華基本の質問コーナー。

アガワ　本日習った野菜料理を、他の野菜で試すとしたら、何がいいでしょう。

千代さん　そうねえ。なんでも試してみてください。まあ、豆苗のかわりにするなら……何がいいかねえ。手近な旬の野菜なら、どれでもおいしいですねえ。

アガワ　炒める際、中華鍋を火にかけて、十分熱してから油を入れると、具が焦《こ》げないって、以前、習ったことがあるんですけど。

千代さん　それはそうです。でも中華鍋じゃなくても、普通のフライパンで十分よ。私はフライパン、よく使いますよ。

ことほど左様に、千代さんの家庭料理は、まるで神戸の空気のようにおおらかでさりげなく、しかし絶妙においしい感嘆簡単極まりない逸品ばかりであった。

神の子のサエズリ、罪な女のタメイキ

檀　ふみ

アガワさんによる、チルチル・ミチル的シアワセのご講義、しかと承りました。

そう、贅沢《ぜいたく》はいけません。贅沢は敵です。気を使い、時間を使い、お金を使ったあげく、結局、皮下脂肪という形でしか残らないのが、贅沢というもの。本当においしいのは、庶民の味です。本当に体にいいのも、庶民の味です。

……と、わかっちゃいるけど、やっぱり、どうしても、ダンフミが行きついてしまうところは、贅沢なのである。アガワさんごめんなさい。

というわけで、今回もとびきり「贅沢」なお話。クジラを食するお話であります。

しかし、「贅沢」と「庶民的」には、実は、ほんの紙一重の差もないのではないかと思う。

先日、「ジャン・ムーラン」のフグの白子のリゾットがいかにおいしかったか、切々と話していたら（未練だね、私も）、

「トラフグなんて、むかしオヤジがしょっちゅう釣ってきてたけどなぁ」

と、あるオジサマが呟《つぶや》いた。

「お袋が、いっつも井戸端でブツブツ言いながらさばいてたよ」

その方、やんごとなきお育ちなのではない。いわゆる「長屋」のご出身。なんと、そこでは松茸《まつたけ》も、季節になると毎日のように食卓にのぼっていたという。

「で、弁当も、松茸の佃煮《つくだに》一色になっちゃうんだよね。アレが嫌いでねェ」

クジラもしかり……である。あんなもの、むかしはちっとも贅沢ではなかった。何しろ小学校の給食の定番メニューが、「クジラの竜田揚げ」だったのだから。

我が家では、ステーキというとクジラだった。父が取材のため、捕鯨船に乗って南氷洋まで行ったことがあった関係で、おりふし上等の「オノミ（尾の身……クジラの尾っぽの肉のこと）」が手に入ったからである。

オノミのステーキ？　なんたる贅沢！　そう思うのは今だからで、その頃の私は、クジラにウンザリしていた。ビーフ・ステーキのほうがはるかに魅力的だった。

クジラは牛の代用品だ。クジラはご馳走《ちそう》ではない。クジラはおいしくない。だから、日本が捕鯨反対運動の大波をかぶったときも、私はいささかの痛痒《つうよう》も覚えていなかった。あんなもの、一生食べられなくたってかまわない。そもそもクジラのような、尊敬すべき、カシコイ生き物を食べること自体、間違っている。

しかしあるとき、さる有名おでん屋さんで、名物のクジラの「サエズリ（囀り……喉《のど》の肉）」をひとかけ口にするなり、私はクジラのために泣いていた。

「あーん、クジラさんが、かわいそう。いけない。いけないいよ、こんなにおいしくっちゃ。あーん、こんなんじゃ、捕鯨はなくならないよォ」

それからというもの、体と心はまっぷたつである。舌はタベタイと言い、心はイケナイと叫ぶ。

だが、どうあってもこの「舌の欲望」だけは抑えなければいけない。先日、ニュージーランドで固く決意した。ホエール・ウオッチングを体験したからである。

間近で見たクジラは美しかった。

神々《こうごう》しいとはこのことかと思った。

五分ほど、波間に漂いながら悠然と潮を吹いていたかと思うと、やがて、ゆっくりと、この上なく優雅に尾っぽをあげて、ストンと垂直に海の中に吸いこまれていった。まさに「吸いこまれていった」のである。クジラは餌《えさ》を採るために「潜った」のかもしれないが、私の目には、海が、いや地球が、クジラを包みこんだようにしか、見えなかった。

私は思った。クジラは地球から愛されている。クジラこそ神の子である。地球の嫌われ者、人間が食べるなんて、言語道断。クジラさん、ごめんなさい。もう一生、アナタを食べたりいたしません。

ところが、人生はなかなか思い通りにはいかないものである。日本に帰ってみたら、ある懐《なつ》かしい方から、「クジラを食べに大阪にいらっしゃいませんか」という手紙をいただいていた。

「その店は、『サエズリ』の刺し身を出すのですが、コレが絶品なのです」

懐かしの君は書いていた。

身も心も一つになって「イケナイ」と叫んでいる。いけない、いけないよォ。二度と食べないって、アンタ、誓ったばかりでしょうに。

だけど、私にどうしろというのだろう。せっかくの、そして久しぶりのお誘いであ

る。その方は、人生の大先輩なのだ。そんな先輩に向かって「イケナイ」なんて、言えるわけない
(私が食べなければいいだけの話だわ)。私は腹をくくった。

(何かあるでしょ、クジラじゃないものが。野菜とかさ……)

野菜はあった。野菜だけでなく、カニもイカもマグロも、馬刺しまであった。

だが、私の目は、手は、箸《はし》は、勝手にサエズリの刺し身のほうへと動いていく。そして、クジラがストンと海に吸いこまれていったように、クジラのサエズリも、スルリとフミの胃袋へと吸いこまれていったのであった。

ああ、神の子、クジラさま、罪深い私をお許しください。いくらアナタの喉が、ネットリ、マッタリ、モッチリ、ウットリとおいしくても、もう食べません。絶対に食べませんから、お許しください。

クジラ騒動と相前後して、宇宙飛行士の毛利衛《まもる》さんとお会いした。

これからの人類は、美食などしている場合ではないのではないかと、毛利さんは憂《うれ》えていらした。環境への負荷を考えると、必要な栄養を過不足なく満たす簡便な食料が、そろそろ考案されてもいい時期ではないだろうか……。

私は、こういう、食べることに恬淡《てんたん》としていられる人には、無条件にひれ伏してしまう。おまけに、何かに打ち込むと、寝食も忘れてしまうタイプと聞いて、ますます尊敬してしまった。

だが毛利さんは、「イエイエ」と微笑《ほほえ》みながら、おっしゃるのである。

「そんなに、特別なことじゃありませんよ。誰にだってあるでしょう、何もかも忘れて夢中になることが」

確かに、私にも一つ、あるにはある。

「どんなことですか、ダンさんが夢中になることって?」

「……食べること」

ああ、神の子、クジラさま、罪深い私を、どうかお救いください。

水曜日のトロ

阿川佐和子

ひょっとして、ダンフミばかりが贅沢《ぜいたく》を享受《きょうじゅ》し、アガワはもっぱら清貧の食卓に挺《てい》身《しん》しているような印象を、読者諸氏に与えてはいないだろうか。それが心配。いや、心配というより、ちと違う。

私とて、贅沢の限りを尽くした晩餐《ばんさん》にありつくことがないわけではない。ただダンフミと違うところは、そういう贅を満喫してのち、必ず自己嫌悪《けんお》に陥る。哀《かな》しくなる。もう二度とこんな分不相応なことはするまいと心に誓う。贅沢はテキだと、泣きながら唱える。豪華食事を終えるたび、「贅沢はスッテキッ!」と、長い腕や体をひらひらさせて狂喜乱舞する大きな女優とは志が違うのだ。

つい先日も、泣いたばかりである。ことの発端は講演依頼であった。

「静岡でお話していただいたあと、おいしいお寿司《すし》屋さんにお連れしますから」

　近年、原則として講演の仕事はお断りしている。話の中身に自信がないのと、寄る年波に移動エネルギーが枯渇《こかつ》し始めているというのが主たる理由である。が、ときどき、そんな私の逡巡《しゅんじゅん》を吹き飛ばすかのような誘い文句が耳元で囁《ささや》かれることがある。

「おいしいものを用意してますぜ」

　このひと言に、ヘナヘナとなびくところが、ダンフミと共通の弱点かもしれない。

　今回もそうだった。

　おいしいお寿司……。

　かつて静岡で仕事をした帰り、駅前ビルのお寿司屋さんでいただいた握りの数々のおいしかったこと。新幹線の出発時間まで猶予《ゆうよ》がないからと、慌《あわ》ただしく頬張ったあの味が、忘れられない。

　以来、私の頭には、「静岡のお寿司は絶品」という文字が記録されている。もしやあのお寿司屋さんかしら。

「いえいえ、駅前ではないのです」

　ならば、さらにおいしい店があるのだろう。と、想像を膨らませるうち、私はいつのまにか答えていた。

「お引き受けします」

当日、他人様《ひとさま》のお役にどれほど立ったかわからぬ話を喋《しゃべ》り終え、いざ本目的（私にとって）の寿司屋に向かう車中にて、主催者の紳士が遠慮がちに語り出した。

「実は……」

「はあ」

「静岡は、どこの寿司屋も毎週水曜日が定休日でして……」

「はあ」と答えて考えれば当日が水曜日。

「ということは？」

「今日は一軒、無理に開けてもらいました」

息が止まりそうになった。どこぞの政治家が新幹線を通過駅で止めさせようとした事件と酷似している。そんなことをしたら、必ずや後世に語り継がれるだろう。静岡三大わがまま話の一つとして、郷土史に載ってしまうに違いない。

「どうかそのような無謀なことはおやめくださいませ」

私は泣いた。叫んだ。懇願した。しかし主催者氏は笑ってかわすだけである。

「いやあ、アガワさんが大変にお寿司を楽しみにしていらっしゃると伺っておりましたので」

すべては私がいけないのだ。不純な動機で引き受けた罰である。泣いているうち、寿司屋に到着。

玄関前には我々一行だけのために打ち水がされ、我々一行だけのために明かりが灯されている。

座敷カウンターの前に座る。大将現れる。反射的に居ずまいを正し、私は畳に手をつき頭を下げた。

「申し訳ありません!」

美食を前にしっかり礼を尽くさねばオンナがすたる。血色も威勢もすこぶるよき大将、晴れ晴れとした声で、

「いやいや、楽しみにお待ちしてました」

最初に出された突き出しは、生ウニ大盛り、アワビの煮物にアンコウのキモ。続いてヒラメの薄造りと焼き魚、フグの白子入り茶碗蒸し《ちゃわん》をいただいたのち、「ではそろそろ」と、目の前に出でましたるは、みごとな厚切り、ピンク色に輝くトロの握りで

ある。

「これは背トロっていってね、トロの王様。背のとこの、いちばん上等な部分。どう？」

どうってアナタ、トロトロですよ。こんなとろけるようなトロ、あたしゃ、生まれて初めて食べました。

泣きそうな声で答えると、大将、さらに「じゃ、も一つ、いきますかい？」。次々握ってくださるお寿司を、もはや納める胃袋の余地がない。ないと知りつつ、詰め込む。詰め込んでみるが、入らない。

私はまた泣いた。この贅を極めたご馳走《ちそう》を、食べきれない自分が、なんとも哀れで情けない。

帰り道、主催者氏側近の若者を捕まえて、密《ひそ》かに聞き出した。

「あのー、今後の参考として伺いたいんですが、あのお店、だいたいどれくらいのお値段なんでしょうかね」

「いやあ、僕も詳しくは知りませんが、なにせあの店のトロは、日本一って評判ですからねえ。バブルの時代は一人十万円と聞いておりますが」

十万円!?

私は四度目の涙を流した。いくらバブルがはじけても、半額にはならんだろう。こんな高いお寿司を残した私がバカだった。こっそり包んで持ち帰るべきだった。でも、ご馳走になっている手前、そこまであさましくはなれまい。

ああ、もう一度、お腹《なか》をカラにした状態で、あのトロを食べ直してみたい。トロだけ食べたら、いくらかかるだろう。いや、穴子もふわふわに柔らかくておいしかったぞ。

それにしても定休日に無理矢理開けさせて、いったいどれほど高くついたことか。想像するだに頭痛がする。心は乱れ、手は震え、お腹はふくれて苦しいし、哀しみは増すばかり。目をつむれば、カウンターに残し置いたトロの切り身と、注文しそびれたネタの数々が瞼《まぶた》に浮かぶ。

帰りの新幹線の静まりかえった座席に体をうずめて、私は考えた。あんな贅沢で他人様に迷惑のかかることは、金輪際やめよう。しかし、もしも再び静岡を訪れることがあったら、水曜日だけは避けねばなるまい。そうしないと、哀しみは今以上に深くなるであろう。

恨めしや「○○・×××」

檀　ふみ

アガワが私に言った。

「アンタ、人に会うと開口一番、『アタシを、姫とお呼び』って言うんだって？　評判になってるよ」

ひどい。誤解である。友達ならば、そういう噂《うわさ》を聞いてなぜ闘わぬ。

「イエイエ、それはありませぬ。ダンフミは謙遜《けんそん》を絵に描いたようなオンナです。絶対に何かの間違いです！」

そう、間違い。「姫とお呼び」と言った覚えは、神に誓ってない。

でも、呼ばれているのは事実なのね。

先日も、スペインとフランスに行く用事があって、心当たりから付き人を募集したところ、こんな返信メールが届いた。

「行かせてください！　姫のために日傘を持ったり、汗を拭《ふ》いたりします。アメやガムも用意します。マッサージも上手です。私は下女になります！」

ここでハッキリしておかなければならないのは、私を「姫」と呼び、自分を「下女」と卑《いや》しめ始めたのは、あちらということである。つまりこういう言葉って、おのずから生まれてくるものなのね。

というわけで、下女を従えての、ヨーロッパ豪遊とあいなった。

ハイライトは、パリの超高級ホテルだった。なんと、「今、メイン・ダイニングでは『○○○・××××・フェア』をやっております。お泊まりのお客様は優先で予約できますので」と言うではないか。

「○○○・××××」といえば、今をときめく三つ星レストランである。普通なら一、二か月前に予約を入れておかなければ、まずテーブルは取れない。

私は、上から下までユニクロで新調してきたと自慢していた、下女の服装をあらためて見た。

「アンタ、まさかソレで行くつもりじゃないでしょうね」

「わかってます、買います！　でもアタシ、この辺では買えません」

下女はただちにパリのアメ横とおぼしき場所に走り、姫は部屋の美しい鏡に向かってせっせと化粧に励んだ。

だがさて、パリの最高級レストランで、最高のサービスを受けるためには、女同士がいくら美しく着飾ってもダメなのである。そこで、日本のオトコも一人調達した。

ただしこのオトコ、フランス語も英語もできない。日本語も多少不自由。

しかし、こんなにも姫が心を砕いたというのに、「○○○・×××」のほうはちっとも私たちを歓迎してくれているふうではなかった。まず、わずか半ぺら一枚のメニューが解読できない。どれが前菜でどれがメインかもチンプンカンプンである。

「伊勢エビのロワイヤル、珊瑚《さんご》のラビオリ、香辛料のきいたブイヨン」

なんだかよくわからないこの一皿がおよそ六千円。いちばん最初に載っているところを見ると前菜と思われるが、いったいこんなに高い前菜があるものか。

「このメニューはどう読むのかしら？」

かたわらのギャルソンに尋ねると、機関銃のような早口の英語で、何やらまくしたててきた。わかったことは、この若者は英語が得意らしいということと、とても感じが悪いということだけだった。

「で、どれが前菜なの？」

あらためて訊《き》き直すと、その青い目を氷の海のような冷たい色に変えて、「お薦めは、○○」と、一言。木で鼻をくったような答えとは、このことか。

メインは鴨《かも》にしようか、それとも仔羊《こひつじ》がいいかしらと、みんなで相談していたら、若者が明らかにイライラし始めた。

「メインはヴォラーユがお薦めだヨ」

「ヴォラーユって？」と訊《き》き返すと、「じゃ、ヴォラーユね」。

「一丁あがり」とばかりに伝票に書き入れ、一刻の猶予《ゆうよ》もならないというように急ぎ立ち去る。なんだ、アレは？　ここはファースト・フードか？　メニューを見ながらあれやこれやとゆっくり楽しむのも、食事のうちではないか。

ヴォラーユとはなんのことはない、鶏《とり》のことだった。それも病人食のように、脂《あぶら》っけを抜き去られた、カスカスのパサパサ。この皿が八千円だと？　許せん。

チーズもデザートも同じだった。「チーズはいかが？」と、ワゴンが運ばれてきて、「ええっと……」と迷っている間にもうさげられてしまう。デザートなど、説明もろくにせず、「コレがお薦め」と決めつける。不承不承、食べてみた「ソレ」は、たいしておいしくもない。

許さんぞ、チップなんか一銭も置いてってやらん！　断固そう思って明細を見たら、すでにサービス料がドッチャリと含まれていて、ますます腹が立った。

唯一《ゆいいつ》感心したのは、オマケで出てきた焼き菓子だった。それは、本当に「さすが」という味だった。お腹《なか》がいっぱいで、たった一つしか食べられなかったので、残りは持ち帰りたいと言うと、とても可愛《かわい》らしく、美しく包んでくれた。

やっと、姫が姫らしい心地になった。

「コレ、お持ちになったら？」

鷹揚《おうよう》にニッポン男にその箱を差し出したのである。ニッポン男は、翌日、愛する妻子のもとに帰ることになっていた。素晴らしいパリ土産になるだろう。

「いえ、でも」と、さかんに遠慮するオトコに対し、姫は優しい微笑《ほほえ》みを浮かべつつ、なおも言った。

「お荷物になって、ご迷惑かしらん」

「いえいえ、とんでもない！」

と、結局、オトコはお菓子を押しいただいて、母国へと帰って行った。

姫と下女は、それから数日、フランスに滞在した。似たような焼き菓子はあちこちにあったが、あれほどの味には、以後、二度とめぐり合わなかった。

「姫ぇ〜、なんであのお菓子あげちゃったんですかぁ？」

と、下女がたびたびわめいた。

「おいしかったのにィ。あんなに、しつこく『あげる』なんて言わなくてもよかったじゃないですか」

うるさいぞ、下女。うるさい、うるさい、うるさい！　なぜ姫が、下女やギャルソンに、ああだこうだと言われなければならないのだ？　ああ、もったいないことをした、もっと食べたかったという、自らの切ない思いにもさいなまれて、私はしばらく辛《つら》く悲しい日々を送らねばならなかった。
※この一文が雑誌に掲載されて間もなく、我が家に一通の美しいエアメールが送られてきた。
フランス語だったのでしかとはわからなかったが、どうやら非礼を深く陳謝し、

今ひとたびのチャンスを伏して請うているらしい。

「いつでもお好きなときにご来店ください。心をこめてサービスいたします」と、そこだけは神通力で読んだ。果たして「心をこめたサービス」とは一体いかなるものか。これは、オーナーシェフ直筆の署名の入ったご朱印状を持って、ぜひともフランスまで確かめに行かねばなるまい。

というわけで、当面、店名は伏せ字とさせていただきます。悪しからずお許しください。

大器バンザイ

阿川佐和子

最近、ダンフミと私は、某所で密《ひそ》かにワイン修業を行っている。ワインが大好きッ、とあちこちで吹聴《ふいちょう》しているわりに、ワインに関して、味の違いも歴史も各銘柄の特徴も何も知らない。地名も名前もブドウ名も、とんと覚えられない。ワインに限らず、文化、芸術、芸能、スポーツ、政治、経済に至るまで、なんだってわかっていないけれど、ワインは、理解の度合いが深まれば、確実にさらなるおいしい出会いにつながると聞き、捨て置けなくなった。ならばちょっと勉強してみようかと、ささやかな意欲がわいたしだいである。

で、修業の成果はまだ未知数なれど、先日、雑誌取材のため、京都は比叡山《ひえいざん》の豪華ホテルに赴いた折、驚くべき新事実を見出《みいだ》した。結論から先に申し上げれば、グラスである。グラスの違いがワインの味をどれほど左右するかということを、身をもって実感した。

夕食時間になり、いそいそとダイニングルームへ赴くや、「今日はちょっといいワインをご用意いたしました」とチーフウエイター氏から甘い囁《ささや》き。にわかに期待が膨らむ。

「これなど、いかがかと……」

ウエイター氏の手にあるのは、ブルゴーニュのエシェゾーだった。もしやそれは、過日、なかなか優秀なワインだとの情報入手、その名を頭にたたき込んだばかりの銘柄ではなかったか。

「きゃあ、ステキー」

ニンマリ微笑《ほほえ》み、小さなグラスに注がれる赤い液体を凝視した。おもむろにグラスを持ち上げ、まず、修業の初回に教えられた通り、白いテーブルクロスの上に斜めに傾けたワイングラスを映してみる。色の濃淡、グラスの縁に現れる赤のグラデーション具合……。ここでワインの熟成度を知る。が、なんだかよくわからない。まあ、いいか。

次にそっとグラスを鼻に近づけて、香りを嗅《か》ぐ。この段階でグラスを回しすぎてはいけない。と、習った。ワイン本来の持つ香りを楽しむことが大事なのである。が、あまり香りがしない。おかしいな。

ではいよいよ、グラスに唇を近づけ、ひとくち味わうことにする。

「おお」

反射的に声を発してみるが、実のところ、これが「極めて素晴らしい」味なのか、はたまた「まあまあよろしい」のか、確信が持てなかった。「まずい」ものでないことだけはかろうじてわかるけれど、それ以上の感動が伴わない。とりあえず、ニッコリ笑って「ふーん」と曖昧《あいまい》に反応しておこう。きっとこれから時間がたつにつれ、ワインの味も少しずつ変化していくのだろう。そのとき、わかることがあるかもしれない。

不思議なもので、人はおいしいものにありつくと、声も動作も大きくなる傾向にあるけれど、納得のいかぬ味に出会うと、概して静かになる。その差は人によって異なるが、ことダンフミに関しては、みごとに顕著なものがある。おいしい場合はナイフとフォーク、箸《はし》、あるいはグラスを強く握り、店中に響き渡らんばかりの大音響で、

「ううう、おいしいっ！」と叫ぶこの女が、静かになったときは要注意である。その晩のダンフミが、まさにそうであった。

そう、ダンフミはその晩、私の隣にいた。他の宴席でのことはいざ知らず、二人一緒に引き受けた雑誌の関連でアガワだけが〝いい思い〟をするのは断じて許せないと、チョコマカついてきた。おいしい空気、おいしい料理、そしておいしいワイン……。私とて、これほどの僥倖《ぎょうこう》を、生涯の恨みを買うと知りつつ一人で味わうより、親友と分かち合うほうがどんなに心安らかでいられるだろう。「ねっ」と心優しい私は、ワイングラスを掲げて隣のダンフミに顔を向ける。二人で一緒においしい思いをしようねという念押しのつもりである。が、彼女の反応は鈍かった。

「うーん」と唸《うな》った。「エシェゾーなのに……ねえ」と呟《つぶや》いた。

「他のワインを開けましょうか？」

チーフウエイター氏が敏感に察知して、新たなワインのボトルを選ぼうとするのを、「いえ」と私は慌《あわ》てて止めた。我々のボトルはまだ三分の一も減っていない。そんな横暴を主張するほど、そこまで私たちはわがままではないつもりだ。

何か方法はないものか。私は必死に頭を巡らせた。そのとき気づいたのである。

グラスが小さいんじゃないかい？

この手の小ぶりのグラスはよく結婚披露宴などで供される。やや厚みがあり、口も狭い。

「あのう……」と私は遠慮がちにウエイター氏を呼び止めた。「もうちょっと大ぶりのワイングラスで飲んだら、もしかして……」

「ございますが、数が揃《そろ》っていなくて」

申し訳なさそうに断りながらウエイター氏が運んでくださった、高さ二十センチ、口の直径が八センチほどの薄手巨大グラスに、先刻のエシェゾーを注いだとたん、

「アアー……」

なんたる豊かな芳香。先ほどと同じワインとは思えぬ華やかな香りが、大きなグラスの中で爆発したかのようである。まるで窮屈な鳥籠《とりかご》から大空へと放たれた小鳥のように、あたかも狭い水槽の中でじっと我慢していたイルカが大海原に解放されて、背びれを震わせながら猛スピードで泳いでいくように、エシェゾーは、歓喜の香りと深い味わいを自由奔放に発散し始めた。

「こんなに違うんだあ」

静かだったダンフミの悦《よろこ》びの声が響く。

「驚いたもんだねえ」

提案したとはいえ、私とてここまで違いがあるとは思いもよらなかった。

エシェゾーよ、ごめんなさいね。危うくあなたを見損なうところでした。せっかく持ち合わせた魅力と才能を、あの狭い空間ではとうてい発揮できなかったのね。

いえいえ、小さいグラスちゃん、あなたを責めているわけではないの。そんなにひがまないで。あなたには、あなたに合ったお酒があるはずです。

私は学習した。良い酒は良い革袋に盛る。長らく「あんな大きなグラスはウチの食器棚に入らないから不要」と思っていたが、急きょ変節。大ぶりワイングラスを購入することにした。ブルゴーニュ用二個と、ボルドー用二個。ダンフミの手前、悔しいが、大きいことはいいことだ。

指輪物語

檀　ふみ

パーティに行った。

私は、人の顔も名前も覚えられない上に眼が近いという、絶望的な病を抱えているので、なるべく人の集まるところには近づかないようにしている。どんな恐ろしい失礼をしでかすか、わからないからである。だがオンナの人生、避けては通れない義理というのもある。そのパーティには、どうしても出席しなくてはならなかった。

案の定、知らない顔ばかりだったが、このうち半分以上は会ったことがある人なのだ。粗相をするまいぞと、自らに何度も言い聞かせる。……と、着物姿の美女が、艶《えん》然《ぜん》と微笑《ほほえ》みながらこちらにやって来た。よかった、この顔なら知っている。名取裕子嬢である。

「まあ、いいおべべ着て。おキレイッ！」

挨拶《あいさつ》代わりに、とりあえず褒めた。女優同士の礼儀というものである。だが、褒めるところを間違えていたらしい。

「それより、これ見て、これ！」

目の前に指を突き出された。その薬指には、緑色の大きな指輪が輝いている。

「ほらね、やっぱり気づいてない。これ、なんだか知ってる？　翡翠《ひすい》よ、翡翠！　オークションで買ったの。アガワさんはちゃんと、気づいてくれたわよ」

そう、そのパーティにはアガワサワコも参加していたのである。「コンビ」と思われているのが、このところの悩みの種なので、なるべくアガワ方面には、近づかないようにしていた。だが、離れていても、「一緒」だと思われ、それとなく比べられている。翡翠の指輪に気づかなかったことで、どうやらダンフミのほうがオンナとして下だと見なされてしまったらしい。

非常に不本意である。アガワサワコに最初に指輪指南をしたのは、この私なのに。

あれは、確か三十の大台に乗るや乗らずやというときではなかったか。初めて二人で海外に出掛けた。

どなたか偉いオジチャマにお呼ばれして、豪華ディナーという晩があった。私は小さな可愛《かわい》い指輪をはめた。その指輪を見て、アガワが「いいな、いいな」と、羨《うらや》ましがった。アガワの指は、カラである。

「アンタね」と、私は言った。

「いつか王子様が、指輪を持って迎えに来るなんて待っててちゃダメよ。このトシになったら、指輪は自分で買うの」

そこは香港《ホンコン》だった。さっそく、オジチャマに宝石店を紹介してもらって、二人で指輪を買いに行った。私はサファイア、アガワはダイヤモンド。アガワサワコの指輪初体験を、私はともにしたのである。

それから幾星霜《いくせいそう》、王子様はやっぱり現れてはくれず、アガワは、黙々と自分のために指輪を買い、増やしているらしい。

だが、私にとっては、香港で買ったサファイアが「最後の指輪」となった。

私の好むのは、モノではなく泡《あぶく》のように消える贅沢《ぜいたく》である。指輪を買うお金があるんだったら、飛行機のファーストクラスに乗ったほうがいいと気づき、早々に興味を失ってしまったのだ。

だから、ごめんなさい名取サン。翡翠って、ソレ、高いの？　エメラルドとはまた違うもの？　名取嬢は、絶望的に首を振って言った。

「萬田《まんだ》サンだってね、素敵なダイヤの指輪をしてたわよ。あれ、三カラットぐらいはあったな」

「カラット」……、これまた私の理解の範囲外の言葉である。三カラットとは、大きいのだろうか、小さいのだろうか。ま、名取裕子の口ぶりからして、小さいということはあるまい。

幸いなことに、すぐに実物を拝むことができた。パーティの後、萬田久子、名取裕子、アガワサワコ、不肖ダンフミの四人で、食事をしたのである。

「なんか、素ッ晴らしい指輪してるんですって？　見せてェ」

と、お願いする。

「これぇ？」と、萬田サンが、さりげなく指を反らせる。濃紺のシンプルなパンツ・スーツの上で、ダイヤの輝きがいっそう際立《きわだ》っていた。

「カレが去年、プレゼントしてくれたの。『ボクが苦しいときに励ましてくれたから』って。アタシ、励ましたつもりなんか、ぜーんぜんなかったのに」

萬田久子サンはお酒が好きである。酒好きアガワの倍、ダンフミの三倍ぐらいはお好きのようにお見受けする。私が念入りに選んだワインを聞こし召して、いつもにまして幸せそうだった。

「こういうモノってね」、萬田久子はニコニコと指輪を見ながら言った。

「自分で買うモノじゃないもんね。普通、オトコの人に贈られるものでしょ?」

アガワサワコと名取裕子は無言で立ち上がり、次の店へと移ろうとしている。

テーブルの上には、ワイングラスが一つ残っていた。自分で運転してきたアガワサワコが、口をつけずにいたグラスである。こんないいワインをもったいない。私は萬田久子に半分、自分に半分注いだ。

「クックック」と、萬田久子が笑った。

「フミちゃん、全部ついでくれるのかと思った。普通、全部くれるじゃない」

はい、オトコの方ならそうでしょうけど、オンナの私と一緒だと、そうはいかないのね。覚えておきなさい。

ワインを飲み干し、次の店へとみんなで歩いていたら、アガワが「ハッ」と立ち止まった。

「スカーフ！　落としてきちゃった」

「先に行ってて！」と、言うが早いか、アガワはもう駆け出している。その後ろ姿を見ながら、萬田久子が「クックック」と、また笑った。

「アガワさんって、可愛い！」

可愛いですかねェ、あの走る姿が？　長いつきあいの私にはわからない。

「だって、普通、拾いに行かないもの」

この言葉の意味もわからない。いいスカーフはもちろん、捨ててもいいようなスカーフだって、落としたら私は拾いに行くぞ。

「でも普通、誰かオトコの人が、拾いに行ってくれるでしょ？」

この言葉でやっとわかった。萬田久子の「普通」と、ダンフミの「普通」には、大きな隔たりがあるのだ。もちろん、アガワサワコの「普通」も、名取裕子の「普通」も、まったく別のところにある。

すべての物語は指輪から始まるらしい。

顰蹙《ひんしゅく》茶漬け

阿川佐和子

「ダンフミと私の友情をかろうじて結んでいるものは、まぎれもなく食べ物である。オトコの趣味や悩みごと談義で盛り上がったためしは神に誓って一度もないが、こと食べ物の話題になると、たちまち素直な笑みを浮かべ、相手の言葉に逐一反応、興奮し、舌なめずりを始める。そんなときはつくづく思う。友情なんて、たった一点、自らの意地と猜疑心《さいぎしん》を捨てて心を許し合えるところがあれば、それで十分成り立つものだと。

さて、だからといってダンフミと私が、食べ物に関して何もかも許し合い、認め合っているわけではない。ときどき、「信じられん」と眉《まゆ》をひそめたくなる瞬間がある。

過日、彼女が「最近、気に入っているの」と、珍妙なお茶漬けの作り方を教えてくれた。名付けて「アジの干物《ひもの》と納豆と青菜漬け物の茶漬け」。

「おいしいのよ、これが」

本人は勢いつけてのたまうが、どう考えても気味が悪い。私とて納豆自体は好きである。三日にあげず食べている。しかしあのネバネバ納豆にお茶をかけたら、いったいどうなるというのだろう。想像するだに不気味である。

そもそもダンフミはお茶漬けに目がない。どんな豪華な食事をいただいたあとであれ、どれほど満腹になろうとも、一時間もすれば必ず、

「なんか、お茶漬けを食べたい気分」

この台詞《せりふ》を今まで何度聞いたことか。そのひと言ゆえに、私は後世に至るまで「恐怖の米研ぎ女」と呼ばれるはめになったのだ。

ある晩、一緒にコンサートへ行った帰り道、その台詞を真に受け、同情したのが間違いであった。

「じゃ、ウチに来る？」

懇情溢《あふ》れる私は深夜に女優を我がアパートに招き入れ、台所に立って米を研ぎ始めた。その健気《けなげ》な姿に感謝するどころか、ダンフミは、「アガワは決して好きなオトコ

の前で米を研いではならぬ」と、ところかまわず公言したのである。

さらなる詳細は二人の共著『ああ言えばこう食う』(集英社文庫)をご参照いただきたいが、ことほど左様に彼女は、お茶漬けをこよなく愛する女である。

通常、何かに目がないという場合、二つのケースが考えられる。すなわち、そのモノに対して大いに造詣《ぞうけい》深く厳しい場合と、逆に判断がゆるくなる場合である。納豆茶漬けの話を聞いたとき、私は彼女が後者であると推測した。

何しろそのお茶漬けを思いついた経緯からしてまずアヤシイ。おそらくダンフミは自宅にて、アジの干物と青菜の漬け物をおかずにし、白いご飯に納豆をのせて食べていた。そして二杯目のご飯を同じお茶碗《ちゃわん》に盛り、今度は残った漬け物と白ごま(これもダンフミの好物)をたっぷりのせ、お茶漬けにする。お茶碗には納豆のネバネバと匂《にお》いと幾粒かが残っていた。皿にはアジの干物の残骸《ざんがい》が少し。それらを残さず片づけようと、お茶漬けすすりながら、かき込む。すべてを口の中で咀嚼《そしゃく》するうち、ハタと気づいたのであろう。

「あら、この組み合わせ、あんがいイケるんでねえの?」

つまり、自分の好物すべてをご飯の上にのせ、その上にアツアツのお茶をかけ、茶漬けの形状に仕立て上げる。この「好き」の三乗のような、独断的かつ偶発的産物を、はたして汎用《はんよう》可能な文化の味と呼んでいいのだろうか。

否《いな》。いな、いないないないないバー。

「おいしいわけ、ないだろうがッ」

私が断固、首を横に振る。するとダンフミ、

「ごちゃごちゃ言わずに、ひとくち食べてごらんなさいよ。おいしいよお」

そこまで言われて挑戦しないわけにはいかなくなった。悲しいかな、頭でいくら拒絶してみても、口と胃袋の好奇心が収まらない。そしてひとくち、

「ん? 何これ」

「ほら、おいしいでしょう」

「まあ、食べられなくはない……」

「つまり、どうなのよ」

「どうって、ねえ」

「いやなら、私がいただきます」

さっさと茶碗を取り上げられた。

心を落ち着け、素直な感想を申し上げれば、即座に「おいしいっ！」と叫ぶことはできないが、妙な後味が残る。もう少し味わってみたいと、チラリと思う。お茶漬けの王道は、なんといっても海苔《のり》茶漬けに鮭《さけ》茶漬けとタラコ茶漬け。我が家での王道は、塩昆布茶漬けと広島菜茶漬け、そして明太子茶漬けも捨てがたい。私もダンフミに負けず劣らず子供の頃からお茶漬けが好きだった。お腹《なか》がいっぱいで、茶碗に残ったご飯がもう食べられないと思ったときでも、その上にお茶をかければスルリと胃袋に納まった。

夏になると、冷や茶漬けにすることもある。ご飯は温かいが、かけるお茶を冷えた麦茶にする。冷たいプレーン茶漬けをキュウリやナスのぬか漬けだけでいただくとき、つくづく日本人に生まれてよかったと思う。

そういえば小学生時代、何かの雑誌で見かけて凝っていたお茶漬けがある。名付けて「バター茶漬け」。白いご飯の上にバターをひとかけ。それとパセリのみじん切り。塩と、醤油《しょうゆ》をチラリとたらし、上からアツアツのお茶をかける。

物心ついた頃からバターが大好物だった私はよく、母にせがんだ記憶がある。

「バターのスープを作ってよ」

母はいつも「そんなのは無理」と笑って拒否した。しかし私は諦《あきら》めきれなかった。トロリとしたバターを思う存分、飲み干してみたい。その夢が、叶《かな》ったような気がした。バター茶漬けである。理想より少し薄めだが、憧《あこが》れのバタースープに通じるものを感じる。

家族の顰蹙《ひんしゅく》をよそに、私はしばらくバター茶漬けを好んで作り続けた。パセリだけでは物足りず、シラス干しを混ぜたり海苔を刻んで散らしたりして、工夫や改良を加え、「私は茶漬け発明家だ」と自負していたものである。

しばらく忘れていたけれど、ダンフミの「アジの干物と納豆と青菜漬け物の茶漬け」を試しているうちに、思い出した。大きな声では言えないが、かの「納豆茶漬け」は、ちょっとやみつきになる味だ。返礼として今度ダンフミに「バター茶漬け」を食べさせてみよう。何と言うだろう。楽しみだ。

贅沢《ぜいたく》とはなんだ?

檀　ふみ

生まれて初めてハワイへ行った。

「初めて」と言うと、たいていの人が意外な顔をする。

「だって、この人、文化がないところは、好きじゃありませんからねェ」

アガワは代弁するが、そんなことはない。そんなことは断じてありません。

ハワイに行ったことがなかったのは、そもそも縁がなかったからである。

「ハワイで結婚式を挙げよう」なんて、誰も言ってくれなかったし、「二人っきりでハワイに行こう」と耳もとで囁《ささや》く人もいなかった。

フン、いいサ、どっちにしろ暑いところは好きじゃないしと、負け惜しみで思ってはいたが、「文化がないところ」と思ったことはいっぺんもありません。だいいち、ハワイにだって文化はあるでしょう。そりゃ、確かに私の愛するルネサンス文化じゃないかもしれないけど……。

その点、アガワサワコのハワイ事情は私とは大いに異なる。

だいたい、初めて行った外国というのが、ハワイなのだそうである。そのうち、お父さまがコンドミニアムを持たれたこともあって、ますます縁が深まった。弟さんが結婚式を挙げたのも、ハワイ。

ご本人がそこで挙式できなかった無念は別として、アガワさんにとってハワイは、青春の思い山がいっぱい詰まった、懐《なつ》かしの島、麗《うるわ》しの島なのである。

そのアガワさんから、「久しぶりに行ってみたいんだけど、どう？」というお誘いを受けた。初めてハワイに行くのに、これほど理想的な案内人もいないだろう。

そりゃ、行きますわよ。どこまでも、ついて行こうじゃありませんか。そうと決めたはいいが、ハワイといえば、なんといっても美しい海である。浜辺である。

「まさか、水着持ってったりするわけ？」

恐る恐る案内人に訊《き》いてみる。

「とーぜんでしょ」

「それで……、まさかとは思うけど、それを着たりするわけ?」

「とーぜんでしょ」

まずいだろう。いくらなんでも、それはまずいのではないか。

「へーきよ。だって、ハワイの海岸にはKONISHIKIみたいなオバサンがゴロゴロしてるんだから」

行ったことのない者の悲しさ、そうと言われれば、そう思うしかない。釈然としないまま、何十年も着ていない時代遅れの水着を探しだし、そっとスーツケースに隠し入れた。

「ハワイのいいところはね、Tシャツと短パンだけでどこへでも行けちゃうこと」

そうかそうか、いろいろ持って行くのは野暮なのかと、Tシャツと短パンだけを詰め込んで、珍しくもあっという間に荷造りは完了した。

最初に連れて行かれたのは、ハワイ島の超高級リゾートホテルだった。

そのロビー館の豪壮さ。可愛《かわい》らしい歓迎のレイをかけられて、私はたちまちとろけるような幸せを味わう。

リゾートはやたらと広かった。カートに乗せられて、コテージへと運ばれる。運ばれがてら、施設をグルグルと案内されているうちに、とろけるような幸せが、だんだん居心地悪さに変わっていった。

利用客は、若いカップル、または裕福そうな家族連れが多く、みな絵に描いたように優雅で美しい。どこにKONISHIKIオバサンがいるんだよぉ。みんなお洒落《しゃれ》でカッコイイじゃないかぁ。

だが、ハワイ通のアガワさんは、なんの違和感も覚えていないらしい。

「わー、なんだかワクワクしちゃう。泳ごう、泳ごう！」

と、早速、水着に着替え始めた。

アガワさんがスーツケースを開くと、スカートやら、ワンピースやら、アロハやら、なんだかいろんな服がゾロゾロと出てくる。

「Tシャツと短パンだけでいいって言ってたのアンタじゃなかったっけ？」

すると案内人、私の荷物をためつすがめつして、気の毒そうに言うではないか。

「ホントに、そんな服しか持ってこなかったの？」

怒ったぞ、怒ったぞ。だが、怒るより前に恐れをなしたのは、アガワさんの水泳に対する情熱だった。それともご自分の水着姿によっぽど自信をお持ちなのだろうか。

とにかく「泳ごう、泳ごう！」と、しつこく私を誘う。私はもと水泳部だから、泳ぎには自信がある。しかし、アガワさんほど体に自信がない。それに、帰ってからすぐに着物の撮影があるから、あまり日焼けもできない。

何よりゾッとしないのは、二人並んで水着で歩くという図である。デカとチビ、貧乳と豊乳。ともに下腹部のゆるみというか、万有引力の法則に苦しむ中年オンナ。二人並べば十分に喜劇である。

隠し撮りされて、「こんなものを、海外に出してもいいのか……!?」と、どこかの雑誌で糾弾されやしないだろうか。

そこで私は、重装備に及ぶことにした。水着の上に、Tシャツを着る。短パンをはく。頭からバスタオルをかぶる。その上に帽子もかぶる。サングラスもする。そうやって、やっとこ目の前のプールにはおつきあいしたが、アガワさんはそれだけでは満足なさらない。

あっちのプールに行ってみよう。その向こうには、大人限定っていうプールもある。こっちのジャクージにまだ入ってない。あそこにもジャクージがあるぞ。スポーツセンターにも行ってみたい。

どこもそう変わりはないのに、利用できる施設は全部利用しないと、「贅沢した」という気分になれないらしい。

私はといえば、そういうチョコマカした貧乏くさいことが嫌いだと知った。こういう施設もああいう施設もあると知った上で、何も使わず、コテージの前のデッキに寝そべって、海を眺めながら、ひねもす読書をする。カクテルを飲む。ちょっともったいないことしちゃったな……と、この後ろめたさこそが私にとっての「贅沢」なのだ。

そして、そうした「贅沢」を味わうにはハワイは最高のところだった。そよそよと、なんとも言えぬ気持ちのいい風が、一日中吹いているのだもの。

ハワイを、そしてホンモノの「贅沢」とはなんたるかを、身をもって教えてくれたアガワさんには、感謝の言葉もありません。ホントウにありがとうございました。

ディッファレント！

阿川佐和子

ダンフミは私のことを、真の贅沢《ぜいたく》をわからぬヤツとかなんとか吹聴《ふいちょう》しているらしいが、そんなことは、ある。彼女の言う通り、私は確かに貧乏性だ。贅沢な空間に身を置くや、たちまち心がワサワサと落ち着かなくなる。用意された設備やサービスをくまなく使い尽くしたい衝動にかられて焦《あせ》る。プールもジャクージもスパもエステもシャワーもバスタブも遊戯室も、せっかくあるなら使わなきゃ。めったにないことだから全部試さなきゃ。高い料金を払っている分（自分が払っていない場合でさえ）、元を取ろうと躍起になる。

だから忙しい。目移りしてたまらない。最初はそのゴージャスさに興奮するけれど、しだいにくたびれてくる。

そもそも贅沢は、私のサイズに合っていないのである。飛行機のファーストクラスの座席は床に足が届かないし、豪華ホテルのバスタブは長すぎて溺《おぼ》れそうになるし、キングサイズのベッドは這《は》い上がらないとのぼれない上、ようやく中央に陣を取ってのち、「あら、電気を消し忘れた」とか、「ちょっとお手洗い」とか、「おっと目覚まし時計をセットし忘れた」とか、なんだかんだの用事が生じるたびに、再びフカフカ布団《ふとん》をはねのけて、どっこいしょっと体を動かすのが難儀となる。しかもそういう豪華部屋はたいていとんでもなく広いので、走り回ってさらにくたびれる。

私は合点した。贅沢とは、大きくて広いことなのだ。だから大きなダンフミは贅沢を喜ぶのであろう。そう言うと、

「大きいだけじゃないの。贅沢はエレガントでなきゃダメなの」

大きい贅沢オンナはうつろな目で語り出す。

「私は形として残る贅沢には興味がないのよ。泡《あぶく》と化して消える贅沢が好き」

なるほどこの贅沢オンナを観察していると、泡が好きである。レストランでお水を注文すれば必ず、「ガス入りを」と言うし、食前酒といえば、迷うことなく「シャンパン！」とお叫びになる。

彼女のシャンパン好きには理由がある。映画『めぐり逢《あ》い』でヒロインのデボラ・カーが豪華客船上にてピンク・シャンパンを召し上がる。彼女はいつなんどきもピンクと決めている。そんなオンナが船上でめぐり逢ったオトコに問いかける。

「ビールはお好き?」

オトコは肩をすくめて答えるのだ。

「ディッファレント!」

そしてオトコとオンナは運命の恋に落ちる……。

知性、教養に溢《あふ》れる女優もあんがい、単純なところがある。シャンパン・ロゼを飲み続けていればオトコにめぐり逢えると信じているらしい。可愛《かわい》い、というか、お気の毒。これでは「○○買って、ハワイへ行こう!」とたいして変わらぬ発想ではないか。私がビールを飲みながらからかうと、シャンパングラス片手にダンフミは丸い顎《あご》をあげ、

「フン、ディッファレント!」

優雅にのたまうのであった。

ダンフミと違い、私はガス入りの水にもシャンパンにも、さほど興味がない。思え

ば炭酸そのものがあまり好きではないのかもしれない。誰もが一度は夢中になるというクリームソーダにも子供の頃から心は動かなかったし、その後大人になり、密《ひそ》かに想《おも》いを寄せるオトコの前で、炭酸入りのジュースを喉《のど》に詰まらせ、思いきり吹いて恥をかき、はたまたお見合いの席でコーラを飲みすぎてゲップを出し、以来、炭酸類は私にとって、苦い思い出を呼び起こす、苦い存在でしかない。

しかしビールは例外である。さんざん労働したあと、汗をかいたのち、カラカラに乾燥しきった喉の飢えを、よく冷えたビールが勢いよく通過する、あのときの快感を、贅沢と呼ばずに何と表そう。

だからビールは最初の一杯に限る。どんなに工夫したところで、二杯目にあれだけの感動はもたらされない。

もっとも、そう思っていない人も世の中にはいらっしゃるだろう。ビールの飲み方も人それぞれだ。何杯でもビールを飲み続ける人、冷えすぎたビールの嫌いな人、味の濃いビールが苦手な人、さまざまなお酒を飲んだ末、最後は必ずビールで締めたいという人。そして、泡のないビールを好む人……。

子供の頃から父に「ビールは泡だ」とたたき込まれた。だから父のコップにビールをつぐときは、思いきり瓶の底を上にあげ、勢いよく注いだ。勢いよく、しかしコップから溢れさせず、上手に泡を立てたときは父に褒められた。

親の刷り込みはビールのつぎ方一つにも表れる。大学のコンパで先輩のコップに、我が家流の方法でビールをついだらひどく叱《しか》られた。

「なんだ、そのつぎ方は。もっと女らしく静かにつげないのか!」

そのとき初めて、泡のないビールを好む人がいることを知った。それでも私の頭には父の刷り込みが生き残った。

その後、泡派の意見に同調してくださったのは、妹尾《せのお》河童《かっぱ》さんと大宅《おおや》映子さんである。お二人には、さらにおいしい泡の立て方をご教授いただいた。

「まず細長いコップを用意して、ビールを十五センチほど高く掲げ、こぼさないよう気をつけて、上からゆっくり細く、つぐ。ほら、泡がたくさん立つでしょ。コップいっぱいに注いだら、そのまま表面の粗い泡(カニ泡)が消えるまでしばし待つ。そして、ソフトクリームのようなきめ細かい泡だけが全体の四分の一ぐらいの量まで減ったら、今度はコップの口にビール瓶を当てて静かに注ぐ。クリーム泡が膨らんで、コップの表面より高く盛り上がっても形が崩れない」

なるほどビールのコマーシャルに出てくるような、きめ細やかな泡がモンブランケーキのように盛り上がっている。それはみごとな光景である。

見た目の美しさだけではない。そのクリーム泡ビールの味は、あきらかに極上なのである。ビールのうまみがきめ細かなクリーム泡に包まれて逃げていかないせいだという。ウソだと思ったら、試してみてください。シャンパン・ロゼに負けぬシアワセを約束いたします。

よく冷えた、美しきモンブランビールを一気に飲み干し、口のまわりにクリームの髭《ひげ》をつけて私は叫ぶのだ。

「ディッファレント！」

やっぱり私とダンさんは、ディッファレントなのである。

アニサキスのキッス

檀　ふみ

私は贅沢《ぜいたく》なオンナである。もっと正確に言えば、贅沢が「好きな」オンナである。

ハイ、それは潔《いさぎよ》く認めましょう。

おいしいものをいただけば、両腕を、そして体全体をくねらせながら、「贅沢はステキッ!」と、宇宙に向かって叫ぶことが、あるかもしれない。

ハイ、それも認めましょう。

しかし、だからといって、私がいつもいつも贅沢をしていると思っていただいては、困る。いえ、困りはしないけれども、それは間違い。そして、アガワさんが、いつも殊勝な心がけで「贅沢はテキッ!」と、自らを戒めていると信じるならば、それは大間違いというものである。

ダンフミの日常は、実はつましい。

犬の散歩という大ノルマがあるので、毎晩十時には家に帰っている。オペラを観《み》て、なんだかとってもシアワセな気持ちになって、これでワインとイタ飯があればもう最高ッ！　と、心は限りなくそちらに傾いていても、「ホエーン、オバチャーン、どこにいるんだよぉ。ウンチがたまってるんだよぉ！」と、犬が悲鳴をあげていると思えば、駆け足で帰らざるをえない。

そんな、涙ぐましいばかりの献身の報いは何か。盛大なるウンチでしかない。日ごと夜ごと、よその玄関の真ん前で、お犬様の落とし物を片づけながら、悲しく思う。私は「贅沢なオンナ」のはずではなかったのか。なのに、このザマはいったいなんなんだ。

その点、「女優とは志が違う」とおっしゃるアガワさんは、さすがに「違う」。夜の十一時半、汗みどろの散歩から帰って電話してみると、必ずやお留守である。

翌日、再び電話してみる。

「昨夜、遅かったみたいねェ。またお呼ばれ？」

「うん、ちょっとね。いやぁ、それがおいしかったのよ！」

私ごときがおずおずと、「たまには一緒にお食事しない？」と誘っても、パラパラと手帳をめくりながら、「うーん、今月はもう、結構ふさがっちゃってるんだなァ」と、すげない、つれない。

そのアガワさんから、珍しくもお誘いを受けた。先年、二人してお世話になった友達夫婦へのお礼のお食事会を、「そろそろホントにしましょうよ」と言うのである。もちろん私に異存はない。

そのご夫婦は、何年かパリにいらしたことがあって、フランス料理がお好きである。ワインも愛してやまない。

二人でアレコレ相談して、銀座の真ん中にある近頃評判のレストランを予約した。で、さて、当日となった。

犬の散歩は兄に頼んだ。気の置けない友達同士である。久しぶりのフレンチである。シャンパンである。ワインである。足取りも弾む。

店は、さる高級ブティックの地下にあった。下りていく階段からして、雰囲気がある。入り口の扉が美しい。

しかし、その重い扉を開け、ほの暗い店内をうっとりと見回した私の目に、いかにも場違いな物体が飛び込んできた。目を凝らせば、それは毛布を抱えてうずくまっているアガワである。

「ど、ど、どうしたの？　大丈夫？」

「うーん、あんまり大丈夫じゃない」

その朝、アガワは、キリで突き刺されるような胃の痛みで目覚めた。この痛みはただごとではない。そうとは思うが、このまま病院に走れば、レギュラー番組に穴を開けることになる。毛布をお腹《なか》に巻きつけ、脂汗《あぶらあせ》をたらしながら、スタジオまで出掛けた。

顔面蒼白《そうはく》でやって来たアガワを見て、スタッフも驚いた。

「本番どころじゃないッすよ、とにかく病院に行ってください」

体を二つに折るようにして、病院に駆け込む。まずは型通りの問診である。

「昨夜、何を食べましたぁ？」

「お寿司《すし》です」と、息も絶え絶えにアガワ。しかし、そこは「天然の饒舌《じょうぜつ》」である。舌までやられてるわけではないから、言いたいことは言った。

「それが、すっごくおいしいお寿司だったんですよォ」

だが、医者はダンフミのように、よだれをたらして羨ましがってはくれなかった。

「ふーむ」と、鋭い目を光らせて一言、「怪しいなァ」。

「でも、すっごく新鮮だったんですよォ」

冷徹なる医者は首を振り、「ますます怪しいなァ」。

医師の疑惑は的中した。胃カメラによる検査の結果、「アニサキス」という虫の幼虫が、アガワ姫の胃壁を食っていることがわかったのである。

「で、その胃カメラの写真、もらってきたんだけど、見る?」

食事前ではあったが、後学のため見せていただくと、意外と大きかった。長さ二～三センチもあるだろうか。

「よくかまずに飲み込んだねェ」

「うーん、何しろおいしかったからねェ。スルスルッと入っちゃったのかね」

……と、しかし、調子がいいのは舌だけである。胃カメラを飲んで、胃壁に食い込んでいた虫を摘出してきたばかりなのだ。当然、食事は一緒にできない。

じゃあ、何かしら、二人でご馳走《ちそう》しようって言ってたのに、今夜は私の一人持ちってことになるのかしら。

でも、どう考えても罪はアガワにある。ついこの間も、静岡で寿司を食べ、「あんな贅沢は金輪際やめよう」と泣いて誓ったばかりだったではないか。その舌の根も乾かないうちの、さらなる贅沢。しかも、またもや寿司。

私は、この上なく優しい声で言った。

「具合が悪そうよ。あなた、もういいわよ。お帰りなさいな。そのかわり、ワイン代はあなた持ちね」

アガワは恨めしそうに、しかし、しおしおと家に帰り、私たちはアガワの分まで、ボルドーとブルゴーニュを楽しんだ。

アニサキスは成虫になると、魚ではなく、クジラやイルカに寄生するらしい。だが、「神の子クジラを食する」という大罪をおかした私に、その罰は今のところくだっていない。

きっと、いちばんの罪は贅沢なのだろう。そして、より多く罪をおかしているのは、私ではなくアガワのほうなのである。

みなさま、おわかりいただけましたでしょうか。

最期《さいご》のキャビア飯

阿川佐和子

人生最期の夜、何を食べて死にたいか。

「アガワさんなら、なんですかね」

雑誌のインタビュー依頼を受け、考えたことがある。翌日死ぬとわかっていて、その前夜の晩餐《ばんさん》にいったい自分は何を選ぶであろう。心は千々に乱れる。その食事が最後の最後。それっきり何も食べられないのだ。想像するだに焦《あせ》る。しかし胃袋は一つ。食べたいものを全部入れることはできない。どうしよう。

基本的には白いご飯が好きなので、「おにぎり」もいいかと思ったが、

「あ、それは他の方が選んでいらしたので、できれば別のものを……」

そうか。まあ、おにぎりだけではきっと寂しいだろう。未練が残って成仏《じょうぶつ》できない

かもしれない。そこにショウガのたっぷり入った牛肉の佃煮か、お味噌《みそ》汁《しる》なんぞも添えて、ついでに脂《あぶら》ののった鮭《さけ》の塩焼き、あるいはさわらの西京漬けなんぞがあったら申し分ない。しいて言えば、おいしいぬか漬けのお漬け物と香り高いほうじ茶が欲しい。ならば、おにぎりでなくても、炊《た》きたてのご飯があればいいかな。と、ここで突然、発想を転換し、

「では、ナマコの醤油煮《しょうゆ》」

「なんですか、それ」

「何って、ナマコですよ。日本料理では酢につけて生でコリコリ食べるけど、中国では姿煮にするの」

「おいしいんですか……？」と編集者、不安げ。

「おいしいよお。ブルンと柔らかく煮込まれたナマコを、たっぷりの醤油だれとともに白いご飯にのせて食べればもう、シアワセこの上ない！」

「でも、そんな濃厚そうなもん、普通、死に際《ぎわ》に食べたくなりますかねえ」

「うるちゃい、放っといてちょうだい」

どういう状態で死ぬかもわからぬのに、死に際の食欲の度合いまで心配していたら、

最後の晩餐なんぞ決められない。とりあえず今、食べたいとひらめいたものを、その晩も、「おいしいっ」と片手に箸《はし》を握って叫んで飛び上がって、アラと気がついたらご臨終というのが、私のもっとも理想とする最期なのである。

と、やや強引に決断し、カメラマンと編集者氏を連れ、高級中華料理店へ赴く。さっそく当店自慢のナマコ醤油煮を作っていただいた。テーブルに運ばれたナマコ料理をまずはカメラでパチパチパチパチ。それから私がおいしそうに食している姿をパチパチパチ。

「さて、撮影は終わりましたので、どんどん召し上がってください」

編集者氏に促されても、もはやカメラにおいしい部分を吸い取られてしまった後の料理は、生気をすっかり失って、残念ながら魅力に欠ける。やはり食べ物は、食べる側の「食べたい、食べたい、今、食べたい」という意欲と、「さあ、今こそ、私を食べてください。ほら、早く」という食べられる側(すなわち料理)の願いの一致するときが、いちばんおいしいのだろうと思った。どうか私が死の床についたときは、ベッドを厨房《ちゆうぼう》近くに運んでいただいて、上等の中華料理人の「ワン、シャー、タンタン、チャアチャアチャアチャア」なんぞのかけ声響く場所にて、大きな中華鍋《なべ》から皿に移されたばかりの、アツアツナマコの醬油煮を、香典代わりの臨終プレゼントにしてください、ダン様よ。

実は密《ひそ》かにもう一つ、最後の晩餐としていただきたいものがある。

キャビアご飯。

和田誠監督の映画『怪盗ルビイ』に登場するのをご存じの方もおられるであろう。主演の真田広之《ひろゆき》が、間違ってスーパーで購入してしまった高級キャビアの缶詰を、はてどうやって食べるのかわからず、試しにご飯にのせてみたところ、これはなかなかイケるとばかり、かき込むシーンがある。和田監督の話によると、「あのシーンは真田君のアイディアなんだよ。ご飯にのせて食べてみたらどうでしょうって」。ぬふふ、そうであったか。おぬし、スミにおけぬわい。と、直接、真田氏本人に申し上げたわけではないけれど、自慢じゃないが私とて、そのむかしから知っていたもんね。

だいぶむかし、父が海外から帰って来るなり、「おい、国際線のスチュワーデスはみんなキャビア飯ってものを食べているらしい。お客に出して余ったキャビアを白いご飯にのせて、レモンと醬油をチラリとたらして、裏のパントリーでこっそり食べているんだそうな。羨《うらや》ましいなあ」。

子供心にそれはたまらなくおいしそうに思われたが、では明日の夜はそれにいたしましょうと贅沢のできるほど裕福ではない。たまのたまに、上等の本物ベルーガキャビアが手に入ったとしても、それをごっそりご飯にのせて、レモンと醬油をたらし、ほどよくかき混ぜ、「ううう、おいしい、おかわり!」とはいかぬ。だいいち大人数の我が家では、「ちょっと、お前、ずるい、取りすぎだよ」「おねえちゃんだって、さっきいっぱいのせてたじゃん」と熾烈《しれつ》な戦いを交わしつつ、チビッとありつく程度である。未練と不満は残るばかり。

と、嘆いて幾星霜《いくせいそう》。長らく憧《あこが》れていたキャビアを一年ほど前、都内某ホテルの最上階フレンチレストランにて、ああ、思い出してもよだれがたれる、これはたらふくいただいた。当然、キャビア飯の様相を呈してはいなかったけれど、しかし白い大きなお皿にこんもりと、まるで前方後円墳のようないでたちで、ドーンと運ばれてきた。傍らには玉ねぎ、ゆで卵の白身、パセリ、それぞれのみじん切りにレモン。

「佐和子ちゃん、もうこの歳《とし》になったら、食べたいものを食べましょうよ」と、父の親しい友人のオジサマよりご相伴にあずかった。顔がすっかり隠れるほどの大きなメニューの「前菜」の項に、「キャビア」を見つけたのは早かったが、ご馳走《ちそう》になる身でわがままが過ぎるのではないか。そう思い、躊躇《ちゅうちょ》していたとき、オジサマのそのお言葉。

薄いミニパンケーキとともにいただいたプチプチねっとりした上等キャビアの、いくら食べてもなくならない、あのシアワセを、なんとしても死ぬ前にもう一度味わいたい。

だから私の命の灯が、もはやこれまでと思われたら、どうか担《かつ》いでもあの最上階レストランへ連れて行き、「この人、明日にも死にそうなのです。願わくば、このキャビアの横に、レモンとお醤油と白いご飯を添えていただきたい」とオーダーしてくださいませ。そうすれば、世にもおとなしく、笑顔でコテッと死んでみせましょうぞ、ダン様。

臭い、くさい、クサイ

檀　ふみ

アガワサワコと私は「臭い仲」である。ニンニク、香菜、ホヤ、ドリアン……、人が「それは、臭いからちょっと」と敬遠するものを、「臭い」がゆえに、私たちは愛する。

先日、沖縄で、島ラッキョウなるものを生まれて初めて食した。見た目は真っ白。ラッキョウよりだいぶ小ぶりである。一つが小指の爪《つめ》ほどの大きさもない。だが、強烈に臭い。そして、おいしい。

私の鼻はヒクヒク、胸はワクワクした。

ウーン、アガワに一口食べさせたい！

「これ、東京に持って帰れませんかね」

友情に篤《あつ》いダンフミがそう尋ねると、島の人が難しそうな顔で言った。

「私も、いろいろ試してみましたけどね、どうやっても臭い。これ持って、飛行機に乗るのは、結構勇気がいりますよ」

勇気など全然ないが、持ち帰りたいという気持ちを抑えることはできない。

「厳重の上にも厳重に包んでくださいね！」と、気がつくと市場で叫んでいた。親切な市場のお兄さんは、ジップロックで幾重にも包んだ島ラッキョウを、タッパーウェアに入れ、そのフタをガムテープでグルグル巻きにすると、再びジップロックで封印してくれた。

大丈夫、におわない。

だが、やはり島ラッキョウをお土産に買ったプロデューサー氏のあとを歩くと、強烈なにおいがしている。私の後ろも、あのくらいにおいがしているのかもしれない。

しかし、みんな前のオジサンが臭いのよと、素知らぬ顔で歩く。

プロデューサー氏が飛行機に乗るなり、スチュワーデスの笑顔がウッとゆがんだ。

「お客様、失礼ですが、島ラッキョウをお持ちではありませんか？」

ただちにプロデューサー氏の島ラッキョウは召し上げられ、アイスボックスの中に隔離されてしまった。

すぐあとについてきた私は、おとがめなしである。におわないのだろうか。それとも強烈なにおいに、たちまち鼻がマヒしてしまうのだろうか。

「僕のは、タッパーウェアに入れてくれなかったからなァ……」

プロデューサー氏は悲しそうだった。

飛行機が羽田に到着すると、スチュワーデスのにこやかな笑みとともに島ラッキョウも返ってきた。だが傷ついた心はもとには戻らない。氏は挨拶《あいさつ》もそこそこに、逃げるように帰って行った。その後ろ姿からも、においがプンプンと漂ってくる。

私は思った。私のはああまで臭くはないだろう。でも、アガワさんチに寄って、分けてあげるのはやめよう。だって、いったんこの封印を解いたら、どんなオソロシイことが起こるかわからないもの。

というわけで、アガワさんは、いまだに島ラッキョウの味を知らない。まことにお気の毒で、まことに申し訳ない。

だが、食べておいしいものが、なにゆえにああまで強烈なにおいを発するのだろう。食した後のにおいというのもあって、それもまた大問題である。

先日、とあるオジチャマに、アガワとともに絶品ステーキを呼ばれた。

絶品レストランでは、まず、「本日のお肉」がうやうやしくテーブルに運ばれてくる。ヒレとロース、両方ともどーんと大きいかたまりである。どちらも芸術品のような美しさ。その芸術を好きなだけ切ってもらう。

アガワサワコと私がそこのステーキを愛するのは、体に悪そうなくらいおいしいというのもさることながら、ステーキとともに、たっぷりのニンニクが供されるからかもしれない。カリカリに焼かれた黄金色のニンニク。おまけにガーリック・ライスなんてのも、出てくる。

オジチャマは下戸である。でも、お酒に寛大な下戸なので、ソムリエさんに、

「この二人は飲ん兵衛やでぇ。上等なワイン、どんどん持ってきたって」

なんて、嬉《うれ》しいことを言ってくれる。

ニンニク、絶品ステーキ、極上のワイン。お腹《なか》は重いが、酔い心地は最高である。

フワフワといい気分でレストランを出ると、外は雨だった。

「送ったげるから、乗ったらよろし」

優しいオジチャマが私たちを車に招く。オジチャマは百キロ近い巨漢である。私たちに窮屈な思いをさせまいと、自分はサッサと助手席に乗り込む。

アガワがオジチャマの後ろ、私は運転手さんの後ろに座った。車が動き始めてまもなく、アガワがごく遠慮がちに、窓を開けた。顔を半分ほど出して、口をパクパクさせている。何をしているのだろう。この多動女の奇矯《ききよう》なる振舞いは、今に始まったことではないが、窓を閉めたり開けたりが、口パクパクとともに何度か続けば、やはり尋常ではない。

「何してんの」と訊《き》こうとしたところで、ものすごいにおいに直撃されて、思考がかき乱された。臭い。たまらん。喘《あえ》ぎつつ窓を開けようとして、ハッと気がついた。そうか、そうだったのだ。隣ではアガワが息を殺して泣いている。そして、前の席を指さし、「三発目よ、三発目。気がつかなかった？」と、身振り手振りで言った。

オジチャマはいい人である。オジチャマの名誉のためにも、こういうことは書きたくはなかった。しかし、あえて書いたのは、「二人ともおいしいものばっかり食べてズルイっ」というやっかみの声が聞こえてくるからである。

私たちは確かにおいしいものをいただく機会が多い。しかし、「いい思い」は、必ず、壮絶なる「犠牲」の上に成り立っていることを、忘れてほしくない。

ダンギーバッグ

阿川佐和子

ゆえあってフランス大使館で催された立食形式のパーティに出席した。実はこの、立食パーティなるものが、私は大いに苦手である。腕にバッグをぶら下げて、右手にグラス、左手で料理ののったお皿やパンフレットなどをつかむ。グラスを置かなければフォークは持てない。フォークを持つと、ワインが飲めない。その不安定な格好を調整しつつ人とお喋《しゃべ》りをする。初対面の場合は名刺交換もしなければならない。となると、お皿もグラスもいったん最寄《もよ》りのテーブルに置き、四苦八苦の末、バッグから名刺を出し、ひとしきりの社交辞令を終え、さて預けておいた料理とグラスを取り戻そうとする頃は、もはや片づけられたあとである。

しかたあるまい。ではもう一度、飲み物を確保しよう。料理も取りに行こう。歩き出すと、また誰かと会う。挨拶《あいさつ》を交わす。なかなかご馳走《ちそう》にありつけない。という苦い思いを何度か経験しているので、今回は最初から諦めた。料理のことは忘れよう。だいいち、こう言っちゃナンですが、この手のパーティに出てくる料理でおいしかったためしはない。皆無とは言わずとも、おいしくない確率が極めて高い。まず状況に無理がある。立って食べる。見知らぬ人と挨拶しながら食べる。それだけで味はマイナスに作用する。作る側の立場になってみても、何百人分の料理を一気に出すのだ。おいしくできるはずがない。姿かたちと量が優先し、味は二の次にならざるをえないではないか。

未練はないぞ。中途半端《はんぱ》な料理を食べて、中途半端に満腹となるより、いっそ何も口にせず、帰宅してからお茶漬けでも食べよう。そう心に決めていたら、さすがフランス大使館関係者は、女性を放っておかぬ紳士揃《ぞろ》いである。

「あ、アガワさん、ワインは？　お料理は？」と寄ってたかって心配してくださった上、ご親切にも、「じゃ、僕が取ってきてさしあげましょう」。

あ、いえ、どうか……とお断りする暇なく、彼はスルリと人込みに消え、まもなく大皿を手にスルリと現れた。そこには、ジャガイモとベーコンと玉ねぎのソテー、羊肉（と思われる）のグリル、ジャガイモとニシンと何やらいろいろ混ざったサラダなどがどっさり盛られている。まあ、こんなに食べられないわと内心、困惑しつつ、フォークを突き刺し、口に運ぶや、たちまちシアワセが訪れた。

おいしいでないのっ！

いかにも素朴なフランス総菜が、どれもまことに美味である。もはや食べない決意はどこへやら、ペロリとたいらげた。

となると、他にどんな料理が並んでいるのか気になってくる。人込みを分け入って、自ら、ご馳走居並ぶ大テーブルの前に進み出る。おお、さらなる肉料理の数々、サラダ、ジャガイモ（特筆すべきはジャガイモ料理）にデザート類が美しく並んでいる。

こういう場面に遭遇するたび、いつも思うのだ。食べたい。全部食べてみたい。でもできない。だから、持ち帰りたい……。

誰が考案したのか知らないが、ドギーバッグとはなんと賢いアイディアであろう。私が食べるわけじゃないんです、ウチの犬のためと言い訳しつつ、食べ残した料理を持ち帰る。へえ、うまい言い回しがあるものだと初めて知って感心したのは、アメリカでのことである。その後何度もアメリカにて、ドギーバッグを持ち帰った覚えがある。

一度、タイ料理のお店で「持ち帰りたい」と申し出たら、タイ人のウエイトレスおねえちゃまが、店の奥から紙製のボックスを数個持ってきた。フタの部分は折りたたみ式になっていて、取っ手用に細い金具がついている。それらをテーブルに並べ、大皿に残った炒《いた》め物、春巻き、カレーなどを一つずつ、ボックスの中に移していく。そのときトムヤムクンも食べ残していたが、まさかこれは持ち帰れまい。と思っていたらおねえちゃま、スープの鉢を片手で持ち上げ、ボックスめがけてザッと一気に流し込むではないか。仰天している私に向かい、ニッコリ笑って、「大丈夫。内側にロウがコーティングされているから漏れないわよ」と教えてくれた。

彼女の仰《おお》せ通り、トムヤムクンは漏れ出ることなく無事、家に到着し、翌日は残り物でタイ・ランチを賞味した。

この便利なドギーバッグ・ボックスがどうして日本で広まらないのだろう。長らく不満に思っていたが、最近、同様の白い紙ボックスがお弁当入れとして使われているのを見かけて嬉《うれ》しくなった。しかしドギーバッグとして利用されているところはいまだに見たことがない。

もちろん日本のお店でも、食べ残しの「お持ち帰り」は可能である。が、容器は店によってまちまちだ。ケーキボックスのようなものもあれば、プラスチック製の総菜入れもある。このロウコーティングの紙ボックスさえあれば、液体類もこぼれず、ついでにセロハンテープも輪ゴムもいらないのに……。

パーティで大量の食べ残しを見かけると、実にもったいないと思う。たとえばパーティ終了十五分前あたりから、会場の片隅にかの紙ボックスを並べ、「お開きの時間が迫ってまいりました。料理をお持ち帰りになりたい方は、このボックスにセルフサービスでどうぞ」とアナウンスするのはいかがであろう。ボックス料金は徴収してもいい。私なら払うぞ、一箱五円くらい。残り物を無駄なく客に持ち帰らせれば、余計なゴミは減り、留守番をしている家族は喜び、一人暮らしの私のような人間も、一食、助かるというものだ。

ああ、返す返すもあのフランス大使館のジャガイモ料理を持ち帰りたかった。

何をケチなことを言っているのかと、相棒ダンフミがまた笑うであろうか。いや、私は目撃した。つい先日、さる高級フレンチレストランにて、しかもさる年配紳士のご招待の席でダンフミは、自分の食べ残した「ブレス産鳩《はと》のロースト柑橘《かんきつ》類の皮のパネ、コーヒー風味」という美味なる一品を、しっかりドギーバッグに入れてもらっていた。それればかりか、最後に供されたプチケーキも、他人の分までかき集め、残さず包んで嬉々《きき》としておった。そういうダンフミの、贅沢《ぜいたく》好きなくせに妙に吝嗇《りんしょく》なところが、私は好きである。

キャビアと恍惚《こうこつ》と不安と

檀　ふみ

「私はなんて友情に篤《あつ》いオンナなのだろう！」

ときどき感動のあまり、自分で自分に涙ぐんでしまうことがある。

今年のお正月がそうだった。

ニュー・イヤー・オペラを観《み》た帰り、フワフワとワインで酔いたい気分になったが、年の初めのこと、どの店も開いていない。そこで、ワイン好きの友人バーバラ（♂、日本人）の家に押し入ってみたら、なんと冷蔵庫からキャビアを出してきた。

「○○さんからのお土産。ロシアに行ってきたんだって」

それは、巨大な瓶詰であった。私が年にいっぺんだけドキドキしながら買う、馴染《なじ》みのキャビア瓶の優に十倍はある。○○さんとは、なんて豪勢な人なのだろう。

「遠慮しないで食べて。もう一つおんなじものを、いただいているから」

ああ、私も○○さんとお近づきになりたい！　だがまあ、バーバラと友達なだけでも、こういった幸運には恵まれるのである。それではお言葉に甘えて遠慮なく……と、瓶のフタに指をかけようとして、ハッと危うく思いとどまった。

アガワサワコ……。死ぬ前に、キャビアをアツアツのご飯にかけて、たらふく食べさせてくれとかなんとか、言っていなかったっけ、アイツ。

私はグッと歯をくいしばった。そのときの私は英雄的だった。

「ね、これ、今日開けるのはやめよう。今度、アガワさんも呼んで、一緒に食べよう」

『走れメロス』も真っ青な友情とは、このことだい！

さてさて。「キャビア」「キャビア」と、ことあるごとにアガワさんの耳もとで囁《ささや》き続けておよそ五十日。やっとこ、万障繰り合わせていただけることになった。

「よっしゃ！」とばかりに、選りに選ったシャンパンを、バーバラの家に届ける。

「ちゃんと冷やしておいてね」と、申し送る。バーバラの家にシャンパン用のフルート・グラスがあったかどうか心もとなかったので、秘蔵のバカラも持参することにした。ご飯はバーバラが炊《た》いておいてくれるという。

と、そこにアガワさんからお電話。

「明日、広島からカキが届くことになってるから、アタシ、カキ持っていくね」

早くも私の口の中は、よだれでいっぱいである。アガワは、広島にスペシャル・コネクションを持っている。アガワさんちに届くカキは、そんじょそこらのカキではない。私はいっぺんだけ食べたことがあるから、知っている。

ああ、「キャビアと生ガキの夕べ」。

楽しみが大きければ大きいほど、「そのとき」がはたして無事にやって来るだろうかという、恐れがふくらんでいくのはなぜだろう。

そして、その朝。やっぱりイヤな予感は的中した。歯をみがいていたら、ポロリと前歯の裏側が欠けたのである。

心配は、仕事よりもキャビアである。歯の裏側だから、写真うつりには影響ない。しかし、食感には大いに影響する。

それでも、鼻水が止まらなくなるよりましだと、自らを慰めた。いつだったかそういう悲劇に直面したことがある。アガワさんから珍しくも「お呼ばれ」したとき、突然、鼻水がダラダラと流れ始めたのだ。私は、両の鼻の穴にティッシュペーパーを突っ込んで、有り難いお手料理をいただかなくてはならなかった。アレは、見た目も哀《かな》しいが、心のうちはもっと哀しいものであった。

私の愛する映画『めぐり逢《あ》い』のように、バーバラの家を目前にして、交通事故に遭うことだってある。胃壁をアニサキスに食いつかれたオンナもいたではないか。ちょっとばかり歯が欠けたくらいなんだと、自らを叱咤《しった》し、心を強く持って仕事を済ませた。

そして、いよいよ「そのとき」は来た。

まずは、キャビアのカナッペである。料理人は、アガワと不肖この私。料理といっても、カナッペの場合、玉ねぎとゆで卵をそれぞれみじんに刻み、トーストを焼けばいいだけだから、腕が問われるわけではない。

瓶のフタを開ける。ブルーグレイに輝くキャビアが、ブチッ、ミチッと盛り上がるようにして並んでいる。

トーストに、玉ねぎをのせる。卵をのせる。そしてたっぷりのキャビアをのせる。う、う、う、うまい。

「遠慮しないでね。冷蔵庫にもう一瓶あるんだから」

うーむ。遠慮しているわけじゃない。わけじゃないけど、貧乏人の哀しさ、「たっぷり」のつもりが、みみっちい。それに、少しずつ味わったほうが、なんだかおいしい感じがするのだ。

それでも、せいぜい気張ってよそったつもりだが、食べても食べてもキャビアは減らない。ああ、なんたる贅沢《ぜいたく》。

とうとうキャビアに飽きて、今度はカキということになった。

まるまる太ったプリップリのカキを、たっぷりの大根おろしに、ポン酢醬油《しょうゆ》と、そしてほんのポッチリ、タバスコを振っていただく。これまた料理人の腕は問わず、しかも絶品である。

そうこうするうちに、ついに本日のメイン、キャビア飯の出番とあいなった。

炊飯器からご飯をよそい、スプーンに山盛りのキャビアをのせる。タラリと醬油をたらして、ワサビもほんの少し……。

と、こう書いていくといかにもおいしそうなのだが、実は、それほどのセンセーションは巻き起こさなかった。

なぜだろう。国際線スチュワーデスの間では、人気絶大というのに。お腹《なか》がいっぱいだったからだろうか。

バーバラが炊いたご飯のせいかもしれない。アレは、ちょっと黄ばんでパサパサしていて、古々米っぽかった。キャビアは、やはり魚沼産のコシヒカリ、それも新米でいただくものではなかろうか。アガワさんが腰を入れて研いで、文化鍋《なべ》で炊いてくれるともっといい。

キャビアとカッペリーニもよく合うから、それも試してみたい。カッペリーニが合うなら、ソーメンもいいかもしれない。よくさらしたソーメンに、キャビアと生ウニ、冷たいつゆ……。

再び、口の中がよだれでいっぱいになる。何しろ、特大キャビアが、もう一瓶あるのだ。

バーバラの冷蔵庫の中に、あの一瓶がある限り、私の恍惚と不安は続く。

フミ流クッキング

阿川佐和子

ダンフミが壊れた。いや、逆だ。以前よりかなり壊れたオンナだと思っていたが、先日、異国の旅から帰ってきて以来、なんだか素直、妙にしとやか。平たく言えば、先祖返りして、大和撫子《やまとなでしこ》化してしまった気配がある。

突然、「女は好きな男ができたら片時も離れていたくないと思うものよね」なんて、しおらしげな声色《こわいろ》で呟《つぶや》くのである。そんな発言を私がしたら、フンと鼻で笑って、彼方《かなた》の山並みまで届くほどの迫力で、「愚にもつかぬことをッ」と唸《うな》るのが今までのダンフミであったはずだ。

「なんか、いいことでもあった？」

小声で尋ねると、ウフッと口に手を当て、「わかるぅ？」とほくそ笑む。ここらへんは女優の虚実定かならぬところ。意味ありげな笑みに騙《だま》されてはいけない。

しかし、今回は怪しい。仕草、発言のみならぬ、驚くべき異変が起こったからである。すなわち、かのダンフミが、他人のために料理を作ってくれたのだ。

私たちは共通の友人であるバーバラのお宅で食事をすることになった。前回はキャビアと生ガキの夕べだったから、さして調理の手間もかからなかったが、今回、お取り寄せ食品の用意はない。はて、誰が作るのか。私は戸惑った。

「私、その日は朝から仕事だから、ご飯作る余裕がなさそうなんだけど」

約束の前日、ダンフミに告げたところ、

「大丈夫。私に全部、おまかせください」

清々《すがすが》しい声が返ってきた。これは珍しい。喜ばしい申し出だ。しかし同時に、不安もよぎる。

かつて彼女が自宅にて、「今日は私が晩ご飯作る」と発言したとたん、その場にいた兄上が、深くため息をつき、

「じゃ、ちょっと金くれよ」

「なんで?」

「できるまで時間がかかりそうだから、腹ごしらえしてくる」

これはダンフミ業界で有名な話である。一度、フミ姫が台所に立ったら、それは丁寧かつ律儀《りちぎ》に取り組むあまり、食卓で待つ者は姫の料理を口にする前に餓死するという言い伝えがあるほどだ。

私は、彼女のこのたびの提案に対し深く謝意を表した上で、バーバラ邸で夕食にありつけるのは、おそらく深夜近くになるだろうと覚悟を決めた。

さて当日である。ダンフミが両手いっぱいの荷物を抱えて到着するや、無駄口もたたかず台所へと直行した。何か手伝おうかと思ったが、踏みとどまる。余計な手出しをしてせっかくの意気込みに水をさしてはなるまい。バーバラと、その晩招かれた他の客数人、相談の結果、静かに別室で待つことにした。

そして一時間あまり。台所からいい匂《にお》いがしてきた。匂いにつられて食卓をのぞくと、まず大きな白い皿の上に、ホワイトアスパラガスとマスタード入り特製マヨネーズ。その横に、フォアグラ・ムースのすぐりジャムとミントの葉添え。タコとキュウリとトマトとシソのサラダ。それだけではない。ガス台には、チキンの白ワイン煮がクツクツと素晴らしい香りを漂わせているではないか。

なんという手際《てぎわ》のよさ。なんという洒落《しやれ》た献立の数々。よくこれほど手の込んだ料理を一人でお作りになったものよ。

「いえいえ、ウチで半分、下ごしらえしてきたから」と本人謙遜《けんそん》なさるけれど、それでも私は目を疑った。そして心の中で謝罪した。今まで彼女は自ら「私、食べる人」と豪語して、ちょっと手伝ってくれることがあったとしても、たいがいは出てくる料理をもっぱら食べて批評する。それに徹している人だと思い込んでいた。

このオンナも、まことにオンナであったか。やるときゃ、やるのだ。

「悪いけど、ご飯はサワちゃん、炊いてちょうだいね」

厨房《ちゆうぼう》シェフからお声がかかり、私はいそいそと炊飯器を手に取る。それぐらい喜んでやらせていただきます。まるで料理上手の妻に従う亭主のごとき心境だ。

「はいはい、お米、研ぎました。お次は？」

「じゃ、パンを焼いてくれる？　フォアグラのために」

「ホイホイ、仰《おお》せの通り」

そして我々は、ピカピカに白く柔らかく（他人様《ひとさま》の炊飯器を使うと勘が狂い、少し水を入れすぎた）炊き上がったご飯以外は、すべてダンフミの手による豪華洋風メニューの一つ一つに舌鼓《したつづみ》を打ち、ダンフミお見立てのシャンパンとワインに酔いしれ、さらにデザートは、ダンフミの買ってきてくれた選りすぐりのケーキをジャンケンで奪い合い、膨れあがったお腹《なか》をさすり、幸福を味わった。

私はしみじみ思った。人に作ってもらった料理を食べることがいかにシアワセなことか。そして、人の作った料理にどれほど新鮮な発見があることか。私のお決まりメニューにはないものばかり。よし、今度、このチキンの白ワイン煮に挑戦してみよう。と、新たな意欲につながる。

そして昨晩、さっそく作ってみた。まず材料は鶏肉《とりにく》。本当は骨付きがいいそうだが、「面倒だから骨なしのモモ肉を使った」とのダンフミにならい、冷凍庫で凍っていた皮付き手羽肉を使用。一口大に切り、オリーブオイルで炒《いた》める。一方、セロリ、ニンジン、玉ねぎ、マッシュルーム（これは私のオリジナル）、ブラックオリーブ、ニンニク、パセリ（これも私のオリジナル）をみじん切りにして、鶏肉を炒めたあとの油で十分に炒める。そこへ鶏肉を戻し、白ワインをたっぷり注ぎ、チキンブイヨンを入れ、塩、コショウとレモン汁で味を調える。最後に小麦粉とバターを練って少し火に掛け、ドロンとしたら、ダマにならないよう注意して鍋《なべ》に入れる。これでとろみがつく。

ダンフミに教えてもらったレシピからすでに乖離《かいり》している気もするが、私にしては珍しくお洒落な一品を覚えられ、とても嬉《うれ》しい。自分で作ったチキンの白ワイン煮を味わいつつ、あらためてダンフミに敬意を表するのであった。

それにしてもこんなに諸手《もろて》をあげて我が友を褒めちぎったことはない。異国で何があったか知らないが、彼女は確実に「尽くす味」をしめたと思われる。ダンフミに台所が似合わないなんて誰が言った！（私かもしれない）。ただ一つの心配は、この気持がはたしていつまで続くか。それだけは保証の限りにない。

「おいしい」後ろ

檀　ふみ

アガワサワコより望外なるお褒めの言葉をいただいてしまったわたくし。イエイエ、とんでもない、アガワさん。私はそんな「料理上手」なんてものじゃございませんのよ。私は、「料理の天才」なの！

現に、アガワ様お気に入りの「チキンの白ワイン煮」よりも、我らが永遠の憧《あこが》れ「キャビア飯」よりも、「なんと言っても『フォアグラのムース』が感動的だった！」と、バーバラは言っている。

バーバラは、「口が奢《おご》っている」という点では、アーガワよりはるかに上を行っているから、その言葉は、まさに「ダンフミ天才のあかし」である。アーガワは、まずいものでも我慢して食べるが、バーバラは「そんなもの食べるくらいなら、餓死したほうがマシ」と言うクチである（言ったことはないかもしれないが、いかにも言いそう）。

だけど、この「フォアグラのムース」、本当においしい。とあるワイン・バーで、アガワとともに一さじ口にするなり、「どっひゃあ、おいしーい！」と、思わず顔を見合わせ、オバサンの手練手管《てれんてくだ》のすべてを使って、オーナーからレシピをせしめたという、いわくつき。

これが、とっても簡単なのである。

まず、フォアグラのテリーヌを、目の細かい裏ごしにかける。そこに柔らかくしたバターを練り込み、人肌に温めた生クリームも加えて、塩、コショウで味を調えれば、ハイ、出来上がり。

面倒くさいといえば、脂《あぶら》でギトギトになった裏ごし器を洗うのが、面倒くさいぐらいなものである。

だが、しかし、これだけではなかったことを思い出す。ムースには赤すぐりのジャムが添えられていた。ジャムの甘さと、ムースの「まったり感」が絶妙だったのだ。

「赤すぐりのジャム！」

しかし、どこをどう探しても、我が家から半径十キロ以内に、そのような洒落《しゃれ》たものは売っていそうにない。アガワサワコならここで、「ま、赤けりゃなんでもいっか」と、冷蔵庫の奥に眠っている賞味期限を半年ばかり過ぎた苺《いちご》ジャムで手を打ってしまうところだが、ダンフミの場合はそうはいかない。赤すぐりのジャムなくば、フォアグラのムースは、まるごと愛犬バジルにやってしまう覚悟である。

その覚悟が天に通じたのであろう。ハッとひらめいた。

そうだ、この間、オババ(母)とパリに行ったとき、ホテルの朝食のテーブルに、山ほどジャムが並んでいた。「なんのジャムかしらねェ」と、一つ一つ興味津々《しんしん》で見ていたら、「お土産に」と、全種類プレゼントされたのではなかったか。あれだ。あれはどうした!

オババが戸棚の奥深くに隠匿《いんとく》していたジャムを探し出す。色を確認する。ラベルを読む。「Fraise (いちご)」じゃない、「Framboise (木いちご)」でもない。「Groseille」、これじゃなかろうか。フランス語の辞書を引く。「赤すぐり」、やったッ!

アガワさん、おわかりですね。私の「おいしい」は、ただの「おいしい」とは違うの。「おいしい」後ろに、これだけの努力があるんですね。

先日、再びパリに行った。

街をブラブラしながら考えた。お土産をどうしようか。ありきたりのものではつまらない。そうだ、フォアグラのテリーヌと赤すぐりのジャム。それを、例のレシピとともに差し上げるというのはどうかしら。

早速、ハンニバル・レクター博士御用達の「フォション」へと赴く。

フォアグラのテリーヌの缶詰は、すぐに見つかった。さて、お次は、赤すぐりのジャムである。

薔薇《ばら》のジャム、ミルクのジャム、栗《くり》のジャム、ジャムはいろいろあれど、なぜか赤すぐりがない。そんなバカなと、目を皿のようにして探すと……、あった、あった、陳列棚の下のほうに、六つばかりが品よく積まれていた。瓶の形も、ほかのジャムとは一線を画している感じで、ちょっと洒落ている。

ドバッと全部を籠《かご》にさらい、レジに並ぶ。すると、レジのお兄さん、ジャムの瓶をためつすがめつしながら、私に確認を求めるのである。

「これは鵞鳥《がちょう》の羽根で種を取ってる、特別なジャムですよ。いいんですか?」

どういうことだか、さっぱりわからない。味が違うのだろうか?

「もちろん。舌触りがなめらかです」

つまりは、値段も違うということか。

「はい、一瓶、百五です」

ぶったまげたとはこのことだ。百五ユーロといえば、一万円を軽く超えている。フォアグラより高いジャムなんてとんでもないと、即座に棚に戻す。

鵞鳥の羽根を使うって? 羽根ペンみたいに使って、小さなすぐりの実、一粒一粒の種をほじくるのだろうか。だが、どうして鵞鳥なんだ? 針では味が変わってしまうのだろうか。機械を使うとおいしくなくなっちゃうのかしら。

以前、アガワと行った、中国雲南省のお茶のことを思い出した。確か、上等のお茶は、十六、七歳の結婚前の乙女が摘むと言っていた。同じ未婚でも、私やアガワのようなオバンに摘ませると、格段に味が落ちるのだそうだ。さらには、手を使わず、十四歳の乙女の唇で摘んだというお茶もあった。高価だったし、オッサンのロリータ趣味をくすぐるだけで、実体もなさそうだったので買わなかったが、今になってみると、ちょっと飲んでみたかった気もする。

やっぱりモノは試しだと、自分のためにその高価な鵞鳥ジャムを一瓶だけ買うことにした。

支払いを済ませると、全部で一万円とちょっとである。あれ、おかしいな、フォアグラを五個も買っているのに……。レシートを調べてみたら、ジャムは十六ユーロ。ユーロに切り替わって半年、フランス人はいまだにフランでモノの価値をはかっている。さっき言われた「百五」というのは、フランでの値段だったのだ。

十六ユーロでも約二千円だから、小さなジャムとしては法外に高いが、お土産に買えない値段ではない。だが、もう買う暇がない。次の約束の時間が迫っていた。

というわけで、今回、赤すぐりのジャムはご用意できませんでした。アガワさん、ご自分で探す努力をしましょうね。

「おいしい」まわり

阿川佐和子

ちょっとおだてると、すぐにつけあがるオンナがいるものだ。過日、私はダンフミの料理をちとホメすぎたらしい。あれ以来、彼女ときたら得意満面である。

しかし、つけあがるのは決して悪いことではない。ホメられて喜び、その喜びが次への意欲とつながるならば、ホメた側の労苦も報われるであろう。

ダンフミのケースで報われたことはいまだかつてないが、一般的に他人様《ひとさま》の料理はホメるに限る。ただ、そのホメ具合が難しい。どんな顔とどんな言葉を尽くして称賛するかに技がいる。

かつてテレビの料理取材に出掛けたとき、上司に言われた。

「おいしいという言葉を使わずに、おいしさを表現しなさい」

なるほどそういうものかと勇んで出掛けるが、いざ京都の湯豆腐を前に、「はい、カメラ回りました」と合図を出され、

「では、このほかほかと湯気の立つ湯豆腐を、これからいただきます」

宣言し、お箸《はし》でひとつかみ、そして口に頬張り、

「うわー、なんと柔らかく……、でも深い味わいがあって……、うーん、いやー」

カメラに向かいニンマリ笑ってみせるが、長くは続かない。しだいに顔がこわばって、胃袋も収縮し始める。おいしいのは確かだが、これ以上、どう表現すればいいというのだ。言葉を重ねれば重ねるほどわざとらしくなる。

「なんか、もう少しおいしそうな言葉を添えて食べられないかなあ」

ディレクターに何度も叱《しか》られて、つくづく料理取材は難しいと実感した。

どこへ行っても「実においしそうに食べてくれるねえ」と、料理人を喜ばすのが天下一品な友達がいた。彼女と一緒に食べていると、いつも出遅れる。「私もおいしいと思っているんですけど」と隣でいくら主張してみても、彼女の笑顔には勝てない。その笑顔にほだされて料理人はすっかり気をよくし、ついでにサービスしたくなるらしい。彼女の脇《わき》には何かとおまけの品がつく。同席している人間もその恩恵にあずか

る場合があるので文句は言えないが、「おいしく食べる」だけで、得する人生があるものだと彼女に会うたび思う。

アメリカのレストランで料理をいただいていると、タイミングを計って必ず店の人がやってくる。

「Is everything OK? いかがですか? お味のほうは」

これがなかなか気を使うところである。おざなりに、「オッケーオッケー」と答えればそれで済むといえば済むけれど、そこをもう少し洒落《しやれ》た態度で臨みたい。となると、悩む。たとえば、

○ファイン、グッド、tastes good——及第点。あるいはごく普通に「おいしいですよ」という意味。

○ワンダフル、デリシャス——かなり積極的にホメるとき。多少の社交辞令も含まれているかもしれない。

そしてそれ以上に「おいしい、たまらなくおいしいよ。すごいねえ」と絶賛したい気持になったら、マーベラス、Superb, Out of this (the) world あたりが適当。と、これは英語の師匠に教わった言い回しである。おかげでアメリカにいた時分、レスト

ランは、新しい〝ホメ言葉〟を仕入れるのに格好の場所となった。

その点、イタリアはシンプルだ。本場のイタリア人はもっと複雑な形容詞を駆使しているのかもしれないが、たいていの場合、「ボーノボーノ」と身振り手振りを添えて叫ぶか、頰に人差し指を当ててニッコリ笑えば、料理提供者側は満足してくれる。あとは目をつむり、天を仰ぎ、「言葉にならない」といった渋い顔をしたり、低い声でやや大げさに唸《うな》る。そんな表情豊かなイタリア人の真似《まね》をするうちに、結局、おいしいものは「おいしい！」と言っているのがいちばんなのではないかという気もしてくる。

あるとき銀座の高級フランス料理店にて、デザートに「クレームブリュレ」なるものをいただいた。私にとってそのときが「クレームブリュレ」との初めての出会いであった。その美味なる菓子を一さじ、口にしたとたん、こんな夢のような甘さがあったのかと感動した。見た目は焼きプリンのようだけれど、クリームにコクがあり、その濃厚さがなんとも言えずなめらかで、まさにアウトオブザワールドなお味である。おお、おお、と野獣のように叫びつつ、ひと通り食べきったのちも未練が残り、すでにカラになったお皿にスプーンをこすりつけ、それでもやめられず、とうとうスプーンを置いて人差し指を伸ばし、皿の隅々まで一滴のあとかたも残さぬほどになめ尽くした。

「やだ、やめなさいよ。お品が悪い」

隣席の友に呆《あき》れられてもなんのその。ときどきあたりを見渡して、誰も見ていないのを確認しつつ、指でなめまくった。

だいたい、本当においしいと思ったときは、マナーを度外視してよいはずだ。食通と言われたさる紳士に教えられたことがある。厨房《ちゅうぼう》では、皿の残り具合でその客の満足度を測っている。なめたかのような、まるで新品かと見紛うほどの真っ新《さら》なお皿が戻ってきたら、料理人は、それは嬉《うれ》しいものなのだと。

クレームブリュレの余韻を口の中で味わいながら、最後のエスプレッソの苦みに酔いしれていると、私の目の前に音もなく、新たな「クレームブリュレ」が運ばれてきた。

「え、もうさきほどいただきましたけど」

何かの間違いだと思った。まだ私が食べていないと勘違いされたのであろう。笑ってお返ししようとしたところ、ウエイター氏が涼しい声でおっしゃった。

「いえ、これは厨房からのサービスです。あまりにもお気に召したご様子だったので」

ああ、なんたること。私があさましく人差し指でペロペロなめていた姿は、お店中の人々にお見通しだったのだ。思えばそのレストラン、四方の壁が鏡になっている。どんなに隠れたつもりでも、私は全然隠れていなかった。振り向けば、あちらのウエイター氏もこちらのウエイター氏もみんな、私を見て笑っている。あの笑いの意味はなんであろう。

今でもクレームブリュレを見るたびに、あのおいしさと、恥ずかしさが同時に蘇《よみがえ》ってくる。

最後に愛は勝つ!

檀　ふみ

不肖私の身に重大な変化が起きている。

この頃、料理をするのが好きになった。

「イヤなオジサンと一緒にゴハンを食べるのは、イヤだ。どんなにおいしいものでもイヤだ」と、思うようにもなった。

ちなみに、ちょっと前までは、(とっても)おいしいものを食べさせてくれるオジサンだったら、(どんなに)イヤなオジサンにもついて行って、アガワサワコの不興を買っていたものである。

いったいどうした変化であろう。これが更年期というものかしらん。

「いえいえ、それは違います」

ワインを片手に玉ねぎを炒《いた》めていたら、ワインが答えてくれた。そうだ、この頃「おいしいもの」よりも、「おいしいワイン」に心が惹《ひ》かれているからだ。食べ物には力がある。食べ物は強い。人は食べなくては生きてはいかれない。この世で最高のスパイスは「空腹」なのだ。どんなオジサンと一緒でも、おいしいときはおいしい。

ワインは、もっとずっとデリケートなものである。ほんのちょっとしたことで、おいしくなったり、おいしくなくなったりする。味を左右するのは、グラスかもしれないし、料理かもしれない。一緒にいる人との相性はもちろん、ちょっとした会話や、そのとき流れている音楽によっても、興がそがれたりする。

では、いいワインをおいしく飲むにはどうしたらいいか。

とにかく静かなところで、好きな人とゆっくり飲む。そうね、飲みくたびれたら、そのまま寝ちゃってもいいようなところ。

というわけで、家で料理を作っている私がいる。「誰」と飲むのかって？　ホッホッホ、アガワさんじゃありません。

もちろん、アガワサワコも私の好きな人だし、大切なワイン友達の一人である。彼女は、ブルゴーニュワインをこよなく愛し、かねてより「ブルゴーニュの女」を標榜《ひょうぼう》している。

しばらく前、そのブルゴーニュに二人で行く機会があったので、一緒に上等のワインを念入りに選んで帰ってきた。数週間後、ワインが届いたという知らせがきた。成田の貨物地区からである。

「通関手続きは、ご本人がなさいますか。それとも代行業者にまかせますか」

もちろん代行業者だろう。そう思いつつも、グズグズと何も手を打たずにいたら、アガワから電話が入った。

アガワさんは、思いっきり尻《しり》、ではなく腰が軽いから、考える前に、まず行動する。ワインについても、さっそく代行業者に連絡を取ったという。

「なんかすっごく込んでるみたいよ。いつになるかわからないって言うの」

「『ワインでしょう? ご自分で取りに行かれたほうがいいんじゃないですかぁ』って」

業者によると、ワインの置かれている場所は、とても理想的とはいえないらしい。折しも夏の真っ盛り。ワインは暑さに弱い。むくむくと、ワインに対する愛が頭をもたげてきた。

「行こう、すぐに行こう！」

だが、二人で行こうと決めた日は、台風となった。

「ダメだ、この雨じゃ、無理だ！」

それから先は当分、二人揃《そろ》って休みという日はありそうもない。

台風のあとは、東京中がとろけてしまいそうな暑さとなった。我が愛《いと》しのワインはどうしているかと、心配でたまらない。税関に電話してみる。

「そう心配なさることもないと思いますけど。一応、屋根の下に置いてありますし。毎日保管料が加算されますから、早くいらっしゃるに越したことはありませんが」

その夜、夢を見た。暑さのせいで倉庫が火事になり、ワインがみんなダメになった夢である。

「やっぱり、アタシ、一人でも行く！」

そう、愛の力は、尻、ではなく腰の重い私をも、成田へと走らせるのである。

だが、しかし、成田の貨物地区というのは、素人《しろうと》が一人で行くところではなかった。まるで築地の魚市場に迷い込んでしまったような、場違いな心細さである。

「邪魔、邪魔、邪魔！　お姉サン、邪魔ッ！」と、ダンプカーが向かってくる。慌《あわ》てて
よけようとすると、今度はフォークリフトが逆走してくる。どこもかしこも、路上
は二重、三重に駐停車している車ばかりなのだけれど、私はどこにも停めてはいけな
いらしい。
泣きそうになりながら、やっとの思いで駐車場を探し、あっちだと言われれば、あ
ちらに行き、次はこちらと言われれば、そちらにも向かい、逃げ水を追いかけながら
駆けずり回っていたら、たちまち汗みどろとなった。
それでも、少しずつコトは進行していたらしい。保管料を納めて、ワインを請け出
すところまでこぎつけた。あとは税関の審査だけである。
愛しの我が子はどこかと、窓の向こうをのぞいて、ゾッとした。確かに屋根の下に
荷物は置かれている。しかし、壁というものがない。あの台風の日、我が子はどんな
に心外であったろう。
税関の審査では、不思議なことがわかった。十八本買ったつもりのワインが、二十
四本も届いているのである。
だが、多い分には文句はない。

家に帰ってウキウキと段ボールをほどいてみた。たちまちガックリした。六本はアガワのワインではないか。いつの間に紛れこんだのだろう。あんな重い思いをして、なんで私がアガワのワインも運ばなければならなかったんだ？　おまけに税金も払ったぞ。保管料も！

アガワさんは、一向に私のもとに、ワインを取りに来ようとしない。ワインへの愛情が足りないのだとしか思えない。私など、すぐにワインをクーラー・ボックスに移し、朝な夕なに保冷剤を取り換えて、いつくしんでやっているというのに。アガワイン六本は、クーラー・ボックスには入れていない。アガワは「ひどい。差別だ！」と言うが、応接間に置いて丁重におもてなししているつもりである。少なくとも、二重、三重の壁に守られているから、成田よりずっとマシではないか。もちろんその分、保管料も高いが。

日々たまっていく保管料を合計するのが、この頃の私の無上の楽しみである。

フルーツの誘惑

阿川佐和子

最近、果物の香りのする化粧品が増えたような気がしてならない。先日、成田の免税店でシャネルのデイクリームを買ったら、桃の香りがした。最初はわからず、いったい何の香りだろうかと頭を巡らせながら、なめらかなピンクのクリームを顔にすり込むうち、ハタと気がついた。

桃だ!

顔に塗り込みながら口に入れたくなるような甘い匂《にお》い。そういえば、と思い出し、化粧品の棚からもう一つ、ジェル状化粧水を取り上げてフタを開けてみた。緑色をしたそのジェルも、以前から気になる香りだと思っていたのだが、このたび判明した。

メロンだ!……、いや、キュウリかな。とにかく瓜《うり》系の香りがする。

さらに思考を戻してバスルームへ行き、気に入りのボディークリームの容器を取り上げて、匂いを嗅《か》ぐ。

ああ、オレンジだったか！

どうなっているのだ、このフルーツブームは。不満を言っているわけではない。ただ困るのは、肌にすりつけながら食べたくなる気持を抑えなければいけないことである。

その手の衝動を抑えた初めての経験は、消しゴムである。小学生時代、匂い消しゴムが大流行して、誰もが文房具屋さんに走ったものだ。使用中の消しゴムがなくなる前から、新しい消しゴムが欲しくなる。ストロベリーの次はオレンジにしようか。うーん、レモンも捨てがたい。次の消しゴムを欲しいがあまり、ジャンジャン消しゴムを使う。なんでも消す。机の汚れも消しゴムで消して、カスが蛇のように長く延びていくのを眺めて喜んだ。

あるいは授業中、用もないのに筆箱から消しゴムを取り出して、鼻の先にこすりつけ、ついでに隣の友達の消しゴムも鼻にこすりつけ、匂いを嗅ぎ比べて遊んだのを思い出す。なんと甘く、なんてロマンチックな香りだろう。食べてみようか。でもかじったらきっとゴムの味がするだけだ。そう思い、欲望を抑える。誘惑の消しゴムは、モップ臭い廊下や汗臭いロッカーなどに囲まれた学校の日常とはまったく異次元の、別世界の香りに思われた。

そんな感激を再び味わったのは、大学一年生のときである。アメリカに留学した友達から、日本に売っていないお洒落《しゃれ》な化粧品が送られてきた。可愛《かわい》らしい容器に入ったブルーグリーンのアイシャドーと、小さく平たい丸い容器が一つ。はてなんだろうと裏を返すと、「リップグロス」と書いてある。つまり口紅のことかしら。当時、口紅と言えば筒状のものしか知らなかったので、驚いた。フタを開けると、薄いピンク色のトロリとした練り物が詰まっている。それを人差し指でひとすくいし、唇に塗ってみる。と、たちまちストロベリーの味と香りが唇に広がった。

ヒョホーと無性に嬉《うれ》しくなり、興奮した。もしかしてこのリップグロスをつけて誰かとキッスなんぞをしたら、こんなふうに言われるのだろうか。

「君のキッスは、なんて甘い味がするんだろう」

その瞬間に備えるべく、常に甘い唇を持って控えていたつもりだが、一度も言われた記憶がない。キッスのチャンスが訪れなかったからではないぞ。キッスをする前に、

唇を自分でなめまくり、すっかり味がなくなってしまったせいだ。そういうことにしておこう。いずれにしてもあのストロベリー味は、恋に恋していた青春のじれったい思い出の片鱗《へんりん》である。

世の中には、食欲をそそられる匂いというものがある。ところがその魅力的な匂いにつられて口にしてみると、さほどの感動を得られない場合がある。

子供の頃、コーヒーの香りを嗅ぐたびに、憧《あこが》れた。こんないい匂いのコーヒーとは、さぞやおいしい飲み物に違いない。コーヒー牛乳やコーヒー味のするアメは子供でも味わえたし、好きだった。これがこれだけおいしいのなら、本家本元のコーヒーがおいしくないわけはない。しかし、コーヒーは子供が飲んではいけない飲み物だった。早く大人になりたかった。

そういう子供心を歌った歌がある。阪田《さかた》寛夫《ひろお》さんの詞による「おとなマーチ」という歌だ。

なりたいなりたい、なりたいなりたい、大人になりたーい、たい。
大人になったらコーヒーを飲んじゃう。ガッポガッポ飲んじゃう。

この歌を声張り上げて歌いながら、私も実に同感であると思った。

ところが念願叶《かな》ってようやく初めてのコーヒーを一口飲んだ瞬間……、それが何歳の、どこでのことだかは覚えていないけれど、たちまち夢が醒《さ》めた。なんだこりゃ。ちっともおいしくないじゃないか。そのとき知った。匂いにつられて騙《だま》されてはいけないということを。だから今でもコーヒーは、味より匂いのほうが好きである。

世の中には、食欲をそそられる形状というものもある。ハワイで初めて見かけたとき、それはまるでプルプルゼリーに包まれたブドウ粒の形のお菓子に見えた。十二個ほどの大玉が、透き通ったプラスチックの箱に詰められて、上から可愛《かわい》いリボンで飾られている。まあ、可愛い、お土産にちょうどいいと思いつき、ブルー、グリーン、藤色など、色違いをいくつか買い、鞄《かばん》に入れる。帰国してさっそく親しい友達に一つを差し出した。

「うわ、ステキ。ありがとう」

友達は、すぐにそれが何ものであるかを認識した。そして応接間の棚の上に置いたという。

さて翌日、友達の家に出入りしていた家政婦さんから連絡があり、お腹《なか》を壊したので一日休みたいと告げられたそうだ。

「急にどうしたのかしら。昨日はあんなに元気だったのにねえ」

家族で心配し、ふと応接間の棚の上に目をやると、箱の中の一粒が欠けている。友達は驚き、まもなく吹き出した。

「もしかしてあの人、食べちゃったのかもしれない」

私の土産は、バブルバス用の石鹼《せっけん》だったのである。

オンナはハナで考える

檀　ふみ

私には「違い」がわからない。思えば、私の不幸はみんなそこから始まっている。

……と、今までに何百ぺん、書いたり言ったりしてきたことだろう。

だが、さすがの私にもわかることがあるのであった。アガワサワコとダンフミの「違い」である。

アガワサワコは感覚人間なのである。嗅覚《きゅうかく》人間と言おうか……。そこが、理性と知性のフィルターを通してしか、ものごとを受けとめられない私とは、大いに異なっているのだ（別に、アガワさんに理性とか知性がないということではありませんので、悪《あ》しからず）。

アガワさんがチラリと書かれていたが、私たちは今、某所においてワイン修業にいそしんでいる。

とくとくとグラスにワインが満たされると、まずは香りを探れというのが、修業の第一歩。グラスに鼻を突っ込み、「うーん、お菓子の部屋の匂《にお》いがする」「父が服用してた胃薬の匂い」「図書館の匂い」と、ワインがかもし出す複雑な香りを、的確に、過去の匂いの記憶に結びつけていくのは、必ずアガワさんである。「いい」匂いと「いやな」匂い、「おいしそうな」匂いと「まずそうな」匂い、この四つしか嗅《か》ぎ分けられぬ、「違い」のわからぬダンフミは、しょっぱなから悪戦苦闘。

しかたなく、「うーんと、えーっと、グツグツ煮詰めた果物の匂い……かな」と呟《つぶや》くと、「アンタ、いつもそれ言うね」と、軽蔑《けいべつ》のまなざしを向けられる。

だが、わかった。アガワは鼻でものを考える人間だったのだ。

確かに小さい頃、私のまわりでも匂い消しゴムが流行《はや》っていた。だが私は、消しゴムとしての機能が劣るからと、集めることはせず、余計なもののついていない学習用の消しゴムを愛用していた。

小さい頃からクンクン匂いを嗅ぐことを習いとしていた者と、そうでない者の、数十年の後の差は大きい。

そういえばアガワは犬に似ている。

ウチには五匹犬がいるが、つぶらな瞳《ひとみ》と、いつもチョコチョコ動いている感じが、コーギーのラムにそっくりである。

嗅覚すぐれているという点では、ラブラドール・レトリーバーのネロだろうか。

ネロは、臭気選別の訓練を受けて三年。

今や、それぞれに違う匂いのついた、五枚のガーゼの中から、「これ」と示された特定の匂いを嗅ぎ分けて、持ってくることができる優秀犬である。それも強い匂いなのではない。「移行臭」と呼ばれるもので、匂いのついていないガーゼがたくさん入ったビニールの袋に、たった一枚、人の手を拭《ぬぐ》ったガーゼを入れる。そのガーゼから移った、あるかなきかの匂いを判別するのである。

世の中のお役に立てたい、警察犬にしたいと、訓練を受けさせているのではない。

ネロは兄の犬である。兄は、私に負けず劣らず食い意地が張っている。いつか、立派に成長したネロが、「ここ掘れワンワン！」と、松茸《まつたけ》のありかを教えてくれるのではないかと、ただひたすらに夢見ているのである。

だいぶ前のことになるが、松茸と椎茸《しいたけ》、シメジにエノキダケ、舞茸といったキノコを用意して、一つ一つ、ガーゼの入ったビニール袋に入れ、それぞれのガーゼを長い板の上に並べ、ネロに松茸の匂いをかがせ、「持ってこい!」と命じたら、ネロは迷わず松茸ガーゼを持ってきた。ネロにとっては、お茶の子さいさい、ヘソで茶を沸かすくらいのことだったのかもしれない。

だから、今は松茸犬として大活躍か、というとそういうわけでもないのが、世の中の難しいところである。

ネロには、林の中、落ち葉の下に埋もれている松茸は探せない。松茸の上に、ガーゼでも生えていれば別だが、ネロの頭にはきっと、「持ってくるのはガーゼ」としかインプットされていないのだ。

先日、兄嫁がつくづくと呟いていた。

「よく考えてみたら、今までに払った訓練費だけで、死んでも食べきれないくらい、松茸が食べられたのよね」

フランスにはトリュフ豚というのがいた。トリュフを探す豚である。

むかし、私が訪ねた農家では、アレクサンドラという名の豚を飼っていた。

アレクサンドラを伴い、松林に行く。

アレクサンドラは、犬のように首輪をしていて、リードにつながれている。松林に入ると、ブヒブヒと歓声をあげながら、一目散に松の木の根もとへと向かって、飼い主をグイグイ引っ張っていった。しばらくあたりを嗅ぎ回ったのち、鼻と前脚を使って、落ち葉を除《の》ける。土を掘り始める。

あれ、何かをくわえた？　と思う間もなく、飼い主がアレクサンドラの口に、鉄のつっかい棒をねじ込んだ。口の中からトリュフを取り出す。かわりにトウモロコシを放り込む。

豚は、トリュフが大好物なので、探すのがうまいのはいいが、油断していると、全部食べられてしまうのだという。

だからかどうか、この頃では、豚のかわりに犬を使っているらしい。

先般、おおけなくも、アガワサワコとともに、「フランス旅の委員（親善観光大使）」に任命された。

「どこに行きたいですか？　何をしたいですか？　なんでも言ってください」

そう言われて、私の頭にいちばんに浮かんだのは、トリュフ犬とともにトリュフを探し、採れたてのトリュフでオムレツをいただくという図であった。

「トリュフの季節はまだまだですので」

と、しかし、スケジュールに組み込まれたのはジロール茸採りである。ジロール犬などというものは存在しない。人の目と勘でキノコを探す。

その際、目覚ましい能力を発揮したのが、嗅覚の人、アガワサワコであった。林の奥に入ったっきり、出てこない。

「そんなに好きなら、ここに残って、キノコ採り専従者となったらどうか」

と、卸商にさかんに勧められていたくらいである。

明日から二人で行く南仏でも、キノコ採りが予定されている。

私たちのキノコ採りに、豚や犬はいらない。アガワ一人がいれば十分なのである。

東のキヌ、西のアミ

阿川佐和子

またダンフミと旅をした。他に一緒に旅行する相手はいないのか。いないからしかたない。今回の目的地はフランスの保養地として名高いコートダジュールである。映像や写真では知っていたが、実際に訪れるのは初めてだ。「私は三回目」とうそぶくダンフミの解説を受けつつ、最初に訪れたのはニースの朝市だった。

そこで見つけたのである。にわかづくりの縁台に、さまざまなキノコが山盛りになっていた。セップ茸《だけ》、巨大なマッシュルーム、ジロール茸など、今朝、山から採ってきたばかりという新鮮キノコ類の並ぶ先に、カチンコチンに乾燥したかたまりがある。腐った軍手の指先のような、はたまた蜂《はち》の巣の化石のような、長さ五センチほどの茶色い円筒形の不気味な物体を指さして、

「なんですか？ こりゃ」

ガイドさんに尋ねると、

「これはモリーユね」

このモリーユ、一見キヌガサ茸のようだ。しかし確か、キノコの宝庫と言われる中国雲南省を訪れたときに見た乾燥キヌガサ茸は、もっと黄色い色をしていた記憶がある。昆明《こんめい》のレストランで食べた「キヌガサ茸と雲南ハムと鶏《とり》のスープ」のおいしかったこと。あのキヌガサ茸が、ヨーロッパ大陸で育つと色が濃くなるのだろうか。匂《にお》いを嗅《か》いだり手で触ったりしていると、そこへアクセサリーをジャラジャラつけた裕福そうなマダムが寄ってきて、さも食べたそうな顔でそのキノコを指さした。

「ああ、これは、とーーーってもおいしいの。おいしいけど高いのよ」

ほう、どうやって調理するのですか？

「細かく刻んでエシャロットと一緒に炒《いた》めて、生クリームでのばしてソースを作ってお肉にかけてごらんなさい。もう、たまらないから」

たまらないのはこちらである。そんなおいしそうな顔でおいしそうな話をされては、とうてい無視できない。ぜひとも買って帰ろう。早速私はバッグから財布を取り出し、

「ください、ください。おいくらですか」

キノコ屋のおねえちゃんに迫った。

「どれくらいいるの?」

「うーん、よくわからないけど、とりあえず百グラムぐらいかな?」

「じゃ、六十ユーロ」

「はいはい、六十ね」

旅に出ると金銭感覚に疎《うと》くなる。にわかに換算できない。私の勢いに刺激されてダンフミも、「じゃ、私も」と同じく百グラムを購入したが、売り場を離れてよくよく考えてみたところ、

「つまりこれで七千五百円ぐらいか」

夏みかんほどの大きさのビニール袋を眺め、確かに高かったことを認識する。

しかしまもなくその買い物は無駄でなかったとわかる。ニースの町を案内してくれた観光局の人にあらためて作り方を教わり、さらにその後、現在グラースの町に住む神戸「ジャン・ムーラン」の元オーナー・シェフ、美木剛氏の家を訪れて教えを請い、旅の最終日、知人の泊まっていたアパートメントホテルの台所を借りて、ダンフミと

二人で調理したのである。

美木氏によると、「乾燥モリーユには死ぬほど砂が入ってるからね。二十回ぐらい水で洗ってから細かく切りなさい」。一方、最初に作り方を教えてくれたガイドさんの説では、「人肌に温めた牛乳に二十分つけなさい」とのことだった。

こういうときは、両者の話を総合すればよい。すなわち二十回、流水のもとでよく洗い、砂や汚れを十分落としたのち、牛乳に二十分つけておく。そして細かく切る。一方でエシャロットと玉ねぎをみじん切りにし、ふにゃふにゃに柔らかさを取り戻したモリーユと合わせてよく炒める。そこへ生クリームを入れるのだが、ここでまた驚いた。

フランスの生クリームは、日本のそれとちょいと違う。酸味があり、モッタリと重く、ちょうどサワークリームと生クリームの中間のような感じである。そのモッタリ生クリームをドロリンとフライパンに注いでいると、横からダンフミが、

「この牛乳も入れちゃおうよ」

最前、キノコを浸しておいた牛乳が、キノコのエキスを吸い取って茶色くなっている。なるほど捨ててしまうのはもったいない魅力的な色だ。

「うん、入れよう、入れよう」

そして塩、コショウで味つけし、そうだ、肉を焼かなくてはいけない。市場で出会ったマダムの、「肉は何でも合うけれど、私は仔牛《こうし》がいちばんおいしいと思うわ」とのお薦めに従って、仔牛の薄切りを用意した。表面に塩、コショウをし、その上に粉をまぶしてオリーブオイルでソテーする。慣れない台所だと勝手が違う。包丁の切れは悪く、フライパンは焦《こ》げつくが、それでもなんとか難関を乗り越えて、やや焦げた仔牛肉を皿に移し、上からモリーユクリームソースをたっぷりかける。そして味見をしてみれば、

「おおっ」

二人の歓声が重なった。新鮮な感動である。フランス料理といえども実に単純簡単で、にもかかわらず複雑な味わいの残る一品だ。

帰国後、すぐにもう一度、今度は自力で挑戦した。エシャロットが手に入らず、玉ねぎのみを使い、フランス生クリームがないので生クリームとサワークリームを半分ずつ混ぜる。ついでに肉は鶏《とり》のモモ肉で代用したけれど、我ながらなかなかの出来映えであったと思われる。

満腹になったところで疑問がわいた。キヌガサ茸とアミガサ茸はどう違うのでしょう。中華料理にときどき入っているキヌガサ茸と、このフランスのモリーユは同じものだろうか。調べてみた結果、わかったぞ。両者とも、傘の部分が網目状（とくにキヌガサ茸は傘の内部から白くて長いレース状のマントをたらす）をしているところは似ているが、違う種類のキノコである。キヌちゃんは薄黄色をして竹林や森に自生し、中国では竹蓀《ツースン》という名で珍重される。一方アミちゃんは、広葉樹林や草地、庭に自生。黄褐色をしていて主に欧州で食用として好まれるとある。つまりモリーユはアミガサ茸であったのだ。そしてどちらも「私の大好物」だということが判明した。

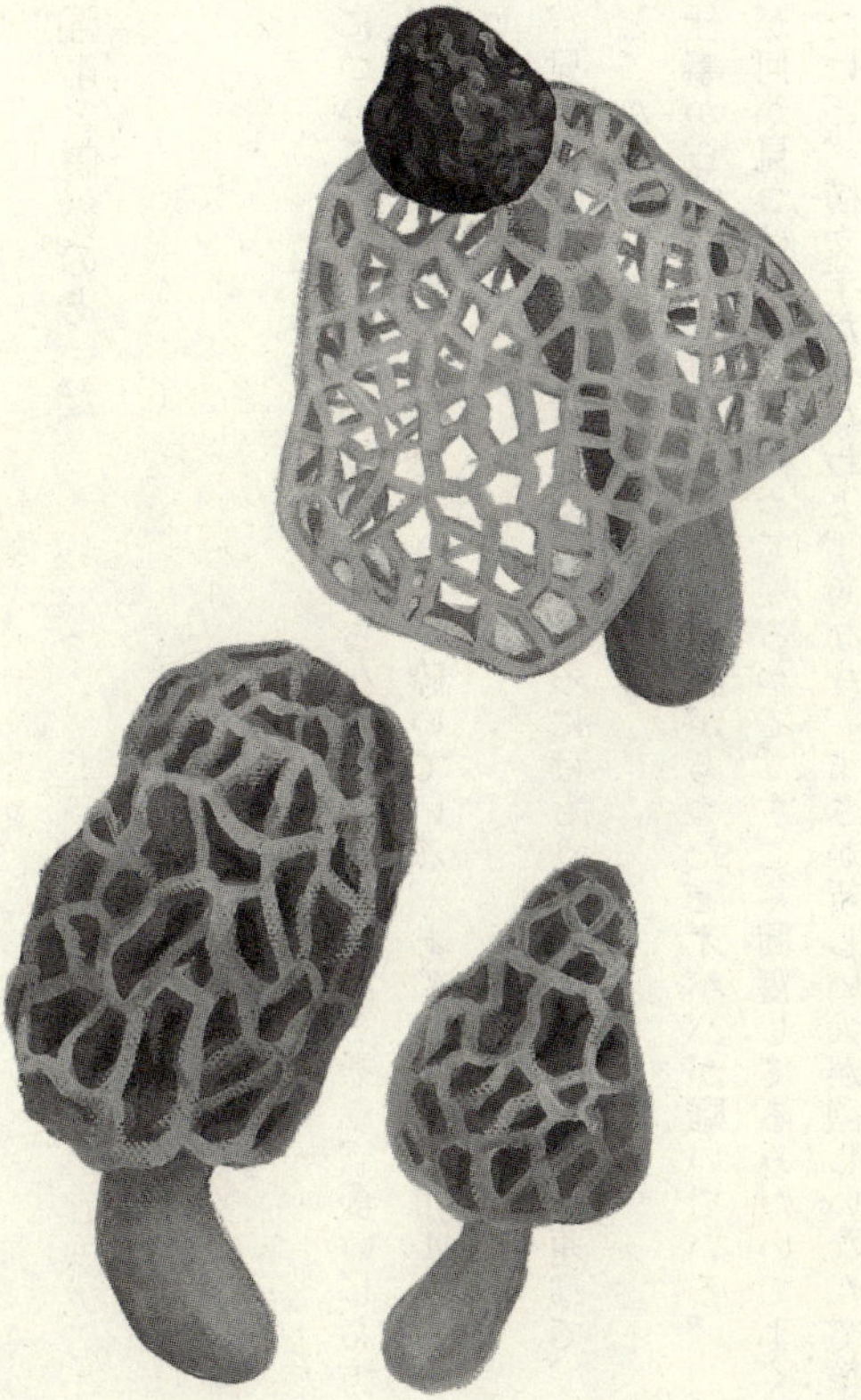

淫靡《いんび》と隠微のあいだ

檀　ふみ

ネロについて、再び書かなければならない事態が生じた。そう、食いしん坊の兄が、松茸《まつたけ》探知犬に仕立てようとひたすら心を砕いている、あのラブラドール・レトリーバーのネロである。

先日、兄夫婦がネロとトト（兄のところにはもう一匹犬がいる）を連れて、泊まりがけでどこかへ行った。

私が仕事から帰ると、兄から緊急の電話があったとオババが騒いでいる。

「ネロが何か見つけたから、持って帰るって。すごく興奮してるみたいでよく聞こえなかったけど、横文字だったわよ。あなた、まさか新しい犬が欲しいなんて頼んだりしてないでしょうね」

とんでもない。我が家にはすでに合計五匹のバカ犬がいるのである。

なんだろうと、私は思い巡らせた。

ひょっとして松茸だったりして。だがもうとっくにシーズンは終わっている。それに「松茸」は横文字ではない。

翌日、凱旋《がいせん》将軍よろしく、意気揚々と兄が帰ってきて、謎《なぞ》が明らかになった。

なんとトリュフだったのである。ネロがトリュフを探し当てたのだ。

「こんなに嬉《うれ》しかったことはないよ。松茸なんかより、ずっと嬉しい」

と、相好を崩しながら兄は言う。

「うちの田舎の林にゃあ、トリュフっつう珍しいモンが生えてるんさ」

ある人の自慢話を聞いて、兄はぜひとも林に案内してほしいと頼み込んだ。

「だけんど、トリュフは土ん中に埋まってるから、なかなか見つかんねぇぞ」

そこでネロの出番とあいなった。

役に立つかどうかはわからないが、匂《にお》いを嗅《か》ぐ訓練だけは長いこと積んでいる。

くだんの林に入ると、昨日採れたばかりというトリュフをネロに嗅がせる。

「さぁ、さがせッ！」のひと声に、ネロは尻尾《しっぽ》を振りながら嬉々《きき》と応じた。何秒もたたないうちに、木の下でピタリと動かなくなり、熱心に匂いを嗅いでいる。

「ああ、そこは昨日採ったばかりのところだからね。匂いがプンプンしてるんさ」

兄は再び「さがせッ!」と、林の奥を指さした。だが、ネロはちょっとウロウロしただけで、すぐにさっきのところへと戻ってきてしまった。「ネロ、違う、違うッ!」と、いくら別の方向へ誘導しても、やっぱり同じ場所にこだわり続けている。

(ヒョッとして……)と、兄はダメモトで、ネロが「ここ掘れ」と示した場所を掘ってみた。すると、出てきたのである。そう大きくはないがしっかりとしまった、黒褐色のトリュフが。

それからはもう、ネロの独擅場《どくせんじょう》だった。

おかげさまで、私は昨日、兄の手製のトリュフのパスタを、死ぬほどご馳走《ちそう》になった。うーん、採れたてのトリュフの、なんと香ばしかったこと! 兄の家は、三日ぶっ続けでトリュフ三昧《ざんまい》だという。

ここで、前言を撤回しなければならない。ネロちゃん、ごめんなさい。あなたは私が考えていたよりも、ずっとカシコイお犬様でした。松茸の上にガーゼでも生えていない限り見つけられないなんて、失礼の限り。どうぞ、すみやかに忘れてください。

そして、私にもトリュフを採ってきてね。

お詫《わ》びといえば、もう一つ。

フランスの豚アレクサンドラがトリュフを探しに入ったのは、「松林」と前に書いたが、あれも間違い。どうやら「ナラ林」であったらしい。トリュフは日本では「西洋松露」と呼ばれているので、「松の露」ならば、当然、松林に生えるのだろうと、思い込んでいたのだ。

今回初めて知ったのだが、日本の松露と、西洋松露と呼ばれるトリュフは、まったく別ものだという。「科」も「類」も違う。

松露は、海岸や湖畔の黒松の林の中の砂地に生じる。「癖のない風味と干しリンゴに似た歯ざわりがあり、和風のお吸い物に最適」とあるから、それだけでもトリュフとは似て非なるものであることがわかる。

もちろん、松露のほうにも興味は尽きない。人によっては、「トリュフよりずっとおいしい」と言う。

「むかしは、このあたりの林に、ゴロゴロ生えてたんだけどね」

と、鳥取の海岸に行ったときに、現地の人に聞いた。

希少なものになってしまったのは、一般家庭で、焚《た》きつけに松葉を使わなくなったからである。採る人がいないから、木々のあいだには松葉が厚く積もる。これが、キノコの生長の妨げになるらしい。同じことを、むかし松茸がイヤというほど採れたという場所でも聞いた。

だがさて、トリュフである。ひょっとして、この本でいちばん登場回数が多かった食材ではないかしらん。キャビア、フォアグラと並ぶ、世界三大珍味の一つ（そういえば、キャビアもフォアグラもよく登場した。そういう権威に弱いのかしら、私たちって……）。

トリュフのどこがそんなにいいのだろう。キャビアはわかる。あの塩味、プチプチッとした食感、キリッとしているのにマッタリというところ。フォアグラも納得である。舌と胃をネットリ包み込むような、濃厚なうまみ。両方とも食べすぎると体に悪い。そして、体に悪いものは、たいていおいしいのである。

だが、トリュフが体に悪いとは思えない。だいいち、体を壊すほど、いっぺんにたくさん食べられるものではない。

トリュフの身上は香りである。別の食材（たとえば卵やクリーム）と合わせたとき

に、その力を発揮する。薄っぺらいトリュフが二、三枚のせられただけで、たちまち料理に風格や品格が漂うのは、まさに魔法といっていい。

その香りを、私は「隠微」と思い、アガワサワコは「淫靡」と表した。

だが、いま辞書を引いてみたら、「淫靡」とは「性道徳が乱れて、だらしがない様子」とあるぞ。トリュフはそんなにだらしないか？　私の「隠微」は、「表面からは容易にうかがいにくい何かの事情がある様子」ですって。やっぱりこちらではないでしょうか。

トリュフが入ると、なんでこんなに料理がおいしくなるの？　なんでこんなに高貴な味になるの？　わからない。わからないから、さらに食べてみたい。

ふふふ、トリュフって、なんだか私みたい？　アガワさん、ごめん遊ばせ。

おわりに

太ったんでないの？

阿川佐和子

ダンフミが最近、太り始めている。

いえいえ、私は決して大切な友を辱《はずかし》めようなどと、はたまた本書冒頭に記された原稿の仕返しを謀《はか》ろうなんて、そんなみみっちい考えは微塵《みじん》も持ち合わせておりません。むしろ、心より祝福しているのである。

長らくダンフミは太らないオンナで有名だった。暇さえあれば口を動かしているにもかかわらず、朝目覚めたとたんに空腹を訴えるにもかかわらず、脳みそが胃袋の皮でできているのではあるまいかと思うほど何を見ても食べ物を連想するオンナが、いくら食べても太らない。そのことに、嫉妬《しっと》と羨望《せんぼう》のまなざしを向けていたのである。

友よ、機は熟したのだよ。汝《なんじ》にも豊満の時代が訪れた。そのきっかけはまさにこの連載にあったのではないかと、私は秘《ひそ》かに確信している。

この往復エッセイを『デリシャス』に連載し始めて三年、ダンさんは律義《りちぎ》に果敢に、その使命を達成せんがため、贅沢《ぜいたく》へと邁進《まいしん》した。東に極上キャビアが届いたと聞けば飛んでいき、西に「ステーキおごったるでー」と豪語するオジチャマが出現すればしっかと袖《そで》をつかみ、まさに万難を排し、万全を期し、万障繰り合わせて身を投じた。

「ほら、あれを食べたら、デリシャスのネタになると思うのよ」

「それをご馳走《ちそう》になれば、書くアイディアが浮かぶかもしれない」

健気《けなげ》である。執筆に対するその実直な姿勢は、まさしく敬服に値する。

何しろ『デリシャス』編集担当氏から言い渡されていたのは、「ダンさん、アガワさん、おいしいものを探求してください。おいしい生活を極めてください。そして原稿、書いてください」という指令だったのだ。

でもね……、と私は躊躇《ちゅうちょ》した。そこまで真面目《まじめ》に連載のための飽食を続けたら、あんなになっちゃうんじゃないかなぁ。

「あんな」というのは担当氏のぷっくり膨らんだお腹《なか》である。パッツンパッツンの頬である。モッチモッチした指先だ。もちろん他人様《ひとさま》のことを言える資格はない。私もすでに十分ぶっくぶっくではあるけれど、でもあそこまではなりたくないという危惧《きぐ》がある。

しかしダンフミに逡巡《しゅんじゅん》の色はうかがわれなかった。「贅沢はスッテキー」と叫び、とどまるところを知らず、ついに最後の牙城《がじょう》であったはずの自宅の食卓にまで（以前はたとえ外食でコレステロール過多になろうとも、ご自宅の慎《つつ》ましやかなる家庭料理で調整しておった）豪華フレンチメニューを持ち込み、自ら厨房《ちゅうぼう》に立ってトリュフやフォアグラや生クリームを扱い出したのである。

さてしかし、ダンフミがその口と胃袋をもっぱらゴージャスな方向へ向けている間、モッチモッチ担当氏はどうなられたかというと、人事異動のため〝デリシャス〟な場所を離れ、いつのまにか十数キロの減量に成功し、どなたかと見紛うばかりの細身青年に変身なさっていた。

「やっぱりおいしいもんばかり食べていると、痩《や》せられないんですよ。僕はもう、揚げ物はいっさいやめました」

その決然たるお顔には、もはやおいしそうな頬肉はなく、つい触れたくなるようなマァルーイお腹も消えていた。彼とそのご家族にとって十数キロ減量の快挙は、必ずや安堵《あんど》とシアワセをもたらしたことと思う。しかし、端の人間にとってはやや寂しい。あのぷっくりおいしそうなお顔が懐《なつ》かしい。

でも幸いかな、私は身近に新たなデリシャスを手に入れた。見ているだけで食欲をそそられる友である。ダンフミはもはや私の体型のことを云々《うんぬん》言えないはずである。これからはお互いに、ニッコリ笑ってお腹をさすり合うことにしよう。友達は、なんといっても見るからにおいしそうでなければ意味がない。

忘れたんでないの？

檀　ふみ

アガワサワコは、今年もまた私の誕生日を忘れたらしい。

高校時代の友人が自転車でワインを届けてくれた。年上の女友達から、一ダースのバラの花をいただいた。イギリス男からもバースデー・カードが届いた。しかし、公称親友のアガワさんからは何の音沙汰《おとさた》もない。

締め切り地獄の真っただ中なのかしらん。どちらか地方にお出掛けかしらん。それとも、食べ過ぎ飲み過ぎで、ぶっ倒れていらっしゃるかしらん。まさかシカトしていらっしゃるわけではないでしょうね。

やきもきしているうちにその日は静かに暮れ、次の日となった。

カタカタとファックスが受信を始めた。もしかして……と見にいくと、果たしてアガワ嬢直筆の可愛《かわい》いイラストが入った送付状である。

だが、そこには「おめでとう」のひと言もなかった。「プレゼント」の「プ」の字もない。「こんなの書きました」と、——「ダンフミが最近、太り始めている」「脳みそが胃袋の皮でできている（ダンフミ）」という、先の原稿がベロベロと送られてきただけである。

その夜、私は恐る恐る体重計に乗ってみた。体重はここ数年の平均値とそう変わらず、全盛期（二十年ほど前？）の三キロ増ぐらいなものだった。しかし、かのアガワさんが「太っている」とおっしゃるのだもの、必ずや「太っている」のだろう。

このごろ、甥《おい》の英語の勉強を見ている。

甥は高校一年生。素晴らしくデキの悪い生徒で、こういう子に英語を教えるということは、すなわち、国語も社会も一般常識もマナーも、みーんな教えてやらなきゃならないということである。

先日は「エレガント」という単語が「わからない」とほざいた。

「エレガントって、日本語でも言うでしょ？」

私は辛抱強く甥の脳の言語野に訴えかけた。

「ほら、オバチャンみたいな女の人のことよ！」

甥は、やにわに目を輝かせ、「わかった！」と、勇ましく机を叩《たた》いた。

「牛のことだろッ！」

なぜこの私が牛なのかと憤然とすると、あわてて前言を撤回。

「ごめん、オバチャン、落ち着いて！ 牛じゃなくて、象だった」

私は、甥の首を締めながら雄叫びをあげた。

「なぜだあああッ？ こんなにもエレガントなオバチャンが、なぜ『エレファント』なんだよおおおッ！」

考えてみれば、アガワさんといると、いつもこうした「エレファント現象」が起こっているような気がする。本書のはじめでアガワさんが触れている、「着物失笑事件」も、そのひとつである。

あれは、二人の最初の本『ああ言えばこう食う』で、講談社エッセイ賞をいただいたときのこと。授章式当日、日本一のヘア・メイクさんと着付けさんについてもらい、入念にも入念な支度のうえ、しゃなりしゃなりとひな壇に上った二人を迎えてくれたのは、温かい拍手でもなければ、感嘆のどよめきでもなかった。笑い声である。失笑。

「三味線抱えて出てくれれば、完ぺきだったのに」

何人かからそんな感想を聞いて、私はかたく心に誓ったのではなかったのか。

もう二度と、アガワと一緒に着物を着るまい！

その後も、「エレファント現象」が起こるたびに、誓いの上に誓いを重ねてきた。

好きなオトコの前で、アガワさんと話すのはやめよう！

パーティ会場で、アガワさんに近づくのはやめよう！

もう、アガワさんと公衆の面前に出るのはよそう！

ひいては、

一緒に仕事をするのはやめよう！

原稿なんぞ、金輪際一緒に書くまい！

そんな誓いを破ってはじめた連載だった。そして、はっと気づけば、私はアガワサワコからさえも、「太ったんでないのッ!?」と指摘される身の上となっている。

小柄で小顔のアガワさんが太っても、コロンとして可愛らしい（と思う人もいるかもしれない）が、ただでさえ大柄な私が太れば、本当に牛女、象女である。

ぷっくり出たお腹を恨めしく見下ろしつつ、私は自らを責める。あのかたい誓いを、忘れるからでしょ。なんで忘れちゃったのよ。

だがしかし、私にとっては恨めしいだけのこの出腹も、アガワさんにとっては、シアワセの源であるらしい。

泣けるではないか。「友達がいがある」って、こういうことを言うのである。

アガワさん、忘れないでね。

檀ふみ・阿川佐和子　文庫版特別対談

しまったんでないのッ!?

変わったんでないのッ!?

檀　もうこの本の元になった雑誌『デリシャス』の連載から、四年もたっているのね。『デリシャス』の休刊で連載も中断しちゃったわけだけど。

阿川　私はあれから食べ物の好みが変わったの。トンカツとか、脂《あぶら》っこいものを本当に食べなくなった。

檀　この連載のころは食べてらしたわよねェ?

阿川　うん、食べてた。でも今はあんまり。

檀　私は白子とかフォアグラとか、コッテリしたコレステロールの高いものが、相変わらずすごく好きなのよ。痛風系（笑）。

阿川　そしてゴージャスなワインもね。私は酒量も減ったのに。

檀　私の場合、ワインを中心に世界がまわりはじめちゃったから。だからワインをおいしくするものをちょこちょこっと食べるの。

阿川　いろんな方から言われますわよ、「ダンさんと何とかというレストランでお会いしました」とか。結構食べ歩いている、というか飲み歩いてるんじゃない？

檀　アガワさんほどではありません。それに私は本当にうちでは飲まないもの。

阿川　一切？

檀　一切ではないな。お家《うち》でちょっとワインに合いそうな料理を作ったときとかには。でも昨年うちの母が病気してからは、重たいものがあんまりよくないってことで、塩気の少ないさっぱりしたものばかり作ってるの。そしたらコレステロール値が劇的に下がっちゃったのよ！

阿川　きれいな体になっちゃったのね。しかもあなた、痩《や》せたもんね。この本の最後にも書いたけど、あの頃は……。

檀　アガワさんいわく、あの頃はアンパンマンみたいだったらしいわね。でも、服がきつくなったわけじゃないから、自分では全然気づかなかったのよ。といっても、ほとんどゴムウェストの服着てたわけだけどね。

阿川　それじゃ気づきませんよ（笑）。

檀　とにかく、この本のあとですね。私のおじが余りにも太りすぎて、膝《ひざ》に負担がかかって歩行が不自由になってしまったのね。それで心優しい姪《めい》の私が付き添いで、碁点温泉ってとこのクアハウスに連れて行くことにしたの。

阿川　絶食療法？

檀　節食ですね。女の人は一日一四〇〇カロリー以内の食事で、肉と甘いものは抜いてね。毎日アクアビクスだのストレッチングだの、ウォーキングだのをするのよ。他にやることないからヒマで、私もおじにつきあったわけ。そしたら体重はほとんど変わらなかったけど、体脂肪率が三％ぐらい減った。一週間で。

阿川　一週間で⁉

檀　戻ってきてアガワさんに会ったら、「締まったわね。いままでアンパンマンみたいだったもんね」と言われたのよ。

阿川　でもダンさん自分で言ってたのよ。旅に行ったとき写真を撮ってもらったら「なんで私だけアンパンマンみたいになっているの⁉」って、自分で言ってたの！

檀　アンパンマンと呼ばれたこともさることながら、いくら親しいお友達でも、太っているときには指摘してくれないものなのかって、かなりショックだった。それにしても私は、世間ではいまだに相当太っている人だと思われているみたい。

阿川　今でも四六時中食べてるの？

檀　最近はそうでもございません。

阿川　ちなみに今日は？

檀　今日は朝食が遅めで十一時。一時にサバ寿司《ずし》とアナゴ寿司を食べて、三時にお汁粉でしょ、で五時におせんべいを食べた……かな。

阿川　なんだ、やっぱり食べてるじゃん！　七時から会食なのに、もったいない。私はおなかがすいていない状態でおいしいものを食べるのが、いやなんです！

檀　私はおなかがすいているという状態が、いやなんです！

顰蹙《ひんしゅく》グルメふたたび

檀　食べ物の話といえば、サワコちゃんはお米に関してうるさいわよね。電子ジャーを持っていなくて、文化鍋《なべ》で炊《た》いてるわけですから。おいしいご飯にこだわってらっしゃるのよね。

阿川　こだわってません。「こだわり」という言葉は、否定的な執着の意味ですから、気をつけて使いなさいと、江國滋《しげる》さんが。うちの父にも注意されます。

檀　「拘泥《こうでい》する」って字をあてるものね、うじうじした感じになるわよね。

阿川　だから「こだわりの○○」とか、そういうのは本当はいけないの。でもそれに代わる肯定的な言葉ってあまりないのよね……。

檀　とにかく、あなたのお米の研ぎ方はマニアックですよね。

阿川　それはこの本でも他の本でもあなたに広めていただいたおかげで、各方面から指摘されますよ。米の研ぎ過ぎだって。この本に書かなかった私の〝こだわり〟としてはですね、たとえばカレーは絶対に冷やご飯にかけるほうが好きだな！

檀　えー!?

阿川　インド風カレーでも、タイ風カレーでも、日本の家庭風のカレーでも。冷たいもちっとしたご飯と熱々のカレーが口に入ったときの感触が好きです。

檀　食べたことがないからわからないけど、興味ある。私もありますよ、ぜひお試しいただきたいご飯の食べ方が。熱々のご飯に卵を割りますね。それをお箸《はし》で、ご飯といっしょに泡立てるみたいにかき混ぜるんです。そこにだしじょうゆをちょびっとかけて、電子レンジに二十秒ぐらい入れるの。それでまた取り出してから混ぜて、もう一回電子レンジに二十秒。これで半熟のフワフワ卵ご飯のできあがり。カルボナーラみたいでおいしいんだから。

阿川　それを聞いて私も思い出した！　これは小さい頃からやっているんだけど、小鍋でいり卵を作るのね。お砂糖入れて、おしょうゆ入れて。ほどよい半熟になったら、そこに、冷やご飯を入れる（笑）。で、前もって切っておいたキュウリを……。

檀　ええーっ!?　そこまではおいしそうだったのに、なんでまたキュウリ？

阿川　わからない、昔からそうなの。それでキュウリをみじん切りにしたのと、紅ショウガを入れて、かき混ぜる。それで鍋ごと食べる。

檀　ふうん、でもそれ、桃屋のザーサイ入れてもおいしそう。やってみようかしら。

阿川家の食卓、檀家の食卓

阿川　独特の食べ方といえば――。私、カツ丼《どん》ってものを、大人になるまで誤解してました。うちで作るカツ丼はまるで別物なんです。

檀　どんなの？

阿川　まずね、トンカツは普通に作りますね。そうすると翌日冷めるでしょ。それを、普通は二センチぐらいの厚さに切るところを、薄切りにする。それを片手鍋に入れて、水をひたひたにいれて煮ます。それで砂糖とケチャップ入れて……。

檀　えっ？

阿川　ほんのちょっとよ。でキャベツが余ってたら、これも鍋に入れて、あまり煮込みすぎない程度煮込んだら、そのドロッとしたのをご飯にかけて食べるのが、うちのカツ丼。はじめて店屋物かなんかでカツ丼というのを頼んだら、卵でとじている上に塩味で、しかもタマネギが入ってたんで、驚いちゃった！

檀　カツとケチャップ、合わないことはないだろうけど……。誰のアイディアかしら。

阿川　わからないけど、母が作ってた。

檀　はい、私も！　それがお宅のカツ丼なら、うちの親子丼もユニークでした！　父がどこかへ出かけると、必ず母が作るのが、親子丼だったの。ふつう親子丼っていうのは、鶏《とり》と卵があるから「親子丼」でしょう？　でもね、それがうちでは、「鶏モツ丼」なのよ。つまり、鶏肉はいっさい入ってなくって、卵の「親」でなく「前身」である「卵巣」のたっぷり入ったモツを使うの。

阿川　さすが「モツの国、檀」！

檀　だから、うちの親子丼を作るのは、最近難しくなってきているのよ。鶏の卵巣の入ってるモツを売ってるところが少なくなってるから。その、卵巣の入ったモツと玉ねぎをね、お出汁《だし》で煮たものを卵でとじてご飯にかけるのが……。

阿川 檀流親子丼なんだ。おいしそう、それはおいしそう。

檀 こんどいい卵巣入りのモツが手に入った際には、サワコちゃんにご馳走《ちそう》してさしあげましょう。

阿川 うちのカツ丼は食べたくないだろうね(笑)。

檀 ごめんなさい、食べたくないです(笑)。

阿川 じゃね、これはどうかしら。この本には生ガキのことしか書いていないけど、カキ飯というのがございまして……。

檀 お宅のお父様は広島ですものね。そういう贅沢《ぜいたく》な食材が手に入るんですよね。

阿川 でも作り方は本当に簡単なのよ。お出汁を火にかけて、洗った生ガキをポンポンと入れる。そのカキの香りが入ったお出汁とカキを、白いご飯にかける。ミツバ、ワサビ、ノリもお好みで。

檀 はいはい、うちのタイ茶漬けと似てますね。うちのタイ茶漬けは、まずゴマを大量に……。

阿川　出た、「ゴマの国、檀」！

檀　すり鉢ですります。それに卵とお出汁とおしょうゆを入れて、ねっとりしたゴマだしじょうゆを作るわけですね。

阿川　アンコウ鍋と同じ作り方ですな。

檀　だから簡単よ。タイのお刺身をゴマだしじょうゆにひたして、熱々のご飯の上にのせて、そこに熱々のお茶をかける。それにワサビをのせて、ミツバをのせて、って感じかな。

阿川　それにしても、今までの話ぜんぶご飯系ね……。

檀　お雑煮はどう？　うちはブリが入るのよ。

阿川　お宅はご両親九州だからかしら。うちは魚入れる発想はないですね。そのかわり白味噌《みそ》が入る、関西風ですね。もっとも元旦《がんたん》は白味噌なんだけど、二日目はすましなんですよ。

檀　ここまでいろいろ違うと、「阿川家のカツ丼、檀家の親子丼」ってタイトルで本が一冊できてしまいそう。

サワコ流クッキングVSフミ流クッキング

檀　この本にも書いた「ジャン・ムーラン」の美木シェフの、フランスにあるおうちを訪ねたときにね、美木さんに鶏の丸焼きを作っていただいたの。鶏が安くて、カルフールって巨大スーパーで、三羽で五百円とか六百円！　だから、鶏が余っちゃったのね。それで私、一羽丸々使ってスープをとったの。

阿川　おおー、贅沢な。

檀　そのスープでおかゆを作ったの。鶏の身をほぐしたのと、香菜《シャンツァイ》と、桃屋のザーサイもお土産に持って行ってたから、それも入れて。おいしかったわ。

阿川　アンタ、桃屋のザーサイが好きなのね（笑）。

檀　美木さんって、フランス料理はもちろんプロ中のプロなんだけど、中華や和食の作り方はあまりご存知なかったらしいのね。それで「フミちゃんに習った」って言って、その鶏のおかゆをよく作ってらしたんだって！

阿川　私も鶏の丸焼きは得意ですよ。

檀　そりゃあもう、存じ上げていますわ。ごちそうになりましたから。

阿川　意外に簡単なのよ。丸焼きの命はスタッフィングですから。サツマイモとにんじんとたまねぎとりんごと、干しぶどうとレバーと栗とパンと……。
檀　うちなんかご飯もいれちゃうよ。
阿川　ああ、そういう説もありますね。とにかくそれらを全部細かく切る。で、中華鍋かなんかでいためて少し塩こしょうで味付けして、それを鶏のオシリからも頭からもぎゅーぎゅー詰め込んで、口を糸で縫い付けて……。
檀　豪快ねえ……。
阿川　それをオーブンで焼くのよ。一時間半ぐらいでまあまあ焼ける。最近、チキンそのものがあんまりおいしくなくなってきたって気持があるんだけど、不思議なことに、ローストチキンにすると、ものすごく肉がジューシーになるんだ。おいしいよお。
檀　そうね。うちでローストチキンを作るとね、その次の日の料理はもう決まっているの。涼菜《リャンツァイ》って呼んでるんだけど、鶏の皮を千六本みたいに切って、お肉も細かくさいて、そこに春雨とキュウリとちょっとハムと、あと錦糸《きんし》玉子《たまご》を……。
阿川　お宅は繊細ねえ……。
檀　それを酢じょうゆであえるの。
阿川　おいしそう、作るのは面倒くさそうだからごちそうになりたい。

檀　うちの料理、みんな作るの面倒くさいの。

阿川　だってお宅、千切り好きよね。私そうめん作るたびにダンさんのこと思い出します。糸みたいに細いネギの小口切りを作るの得意だもんね。

檀　アガワさんは上手に手抜きされますからね。男っぽい豪快な料理ですよね。どばどば入れて、ジャッと焼く。私は融通がきかないから限りなく細かく細かくなっていく。

阿川　アータは毎日やらないから、手の込んだ料理が苦じゃないのよ。

檀　まあそうね。週に二回程度だもん……。

阿川　しかしこの対談、料理の話ばかりだけどいいんですかね。レシピ本になりそう。

驚異の痩身《そうしん》体操!?

檀　ところでサワコちゃん、ちょっと私のおなか、触ってみてよ。

阿川　どれどれ、あら固い。

檀　ここらへん、ぜんぶ筋肉なの。

阿川　なに、その得意気な顔は!?　クアハウス以外に何かやったのか？

檀　このところあんまり体重が増えていないのは、そのクアハウスのせいもあるけれど、「チベット体操」って体操をしているからじゃないかと思うの。

阿川　チベット体操!? どうやるの?

檀　簡単なポーズが五つあって、それを私の場合は七回ずつ三セット繰り返す。毎朝、ご飯を食べる前に。

阿川　それで痩せられるわけ?

檀　そう。私のいとこに教わったのよ。彼女が「フミちゃん、私、変わったと思わない?」っていうから、見たら、何だか締まって若くもなって、いい女になっちゃっているのよ。それで私もやりはじめたの。

阿川　体脂肪も減る?

檀　みたい。でもひとつ問題があるのよ。いいよいいよってみんなに勧めていたんだけど、この体操、生殖機能を活発にするらしくって、性欲が高まっちゃうんですって(笑)。いとこの友だち二人が、この体操やりはじめてから子ども産んじゃったらしい。二人とも四十代だったんだけど。「フミちゃんも気をつけたほうがいいかも」って。

阿川　なに言いだすかと思えば……。もう遅いぞ!!

檀　でも最近ポカポカして、妊娠初期のような感じかも。
阿川　ご存知かどうか知りませんがね、体操だけじゃ産まれないんです！　まずタネが必要でしょうが！
檀　きゃっ、私、二十一世紀のイエスを産んでしまうのかしら。
阿川　……。聖母マリアに失礼であるぞ！

（二〇〇七年三月　都内某イタリアンレストランにて）

この作品は二〇〇三年九月世界文化社より刊行された。

JASRAC 出0704215-701

太《ふと》ったんでないのッ!?

新潮文庫　た - 80 - 3

平成十九年五月一日発行

著者　檀《だん》ふみ
阿《あ》川《がわ》佐《さ》和《わ》子《こ》

発行者　佐藤隆信

発行所　株式会社 新潮社

郵便番号　一六二―八七一一
東京都新宿区矢来町七一
電話 編集部(〇三)三二六六―五四四〇
読者係(〇三)三二六六―五一一一
http://www.shinchosha.co.jp

価格はカバーに表示してあります。

乱丁・落丁本は、ご面倒ですが小社読者係宛ご送付ください。送料小社負担にてお取替えいたします。

印刷・株式会社三秀舎　製本・株式会社植木製本所

ISBN978-4-10-116153-2 C0195